職場法則系列

超圖解時間術

速溶綜合研究所 著

非凡出版

總序

　　不論你是學生，或者剛踏入職場的新人，我相信你都曾經遇到這種情況：學校老師或上司交辦你幾件事，你做好記錄，然後埋頭便開始工作。為了快點做完，你幾乎沒有向上司或老師匯報進度。在整個過程中，你也很少與別人溝通，更別説仔細思考怎麼做才能更效率。

　　結果，你好不容易趕在截止日期之前完成了任務，但得到的回覆，很可能是老師或上司的不滿——因為沒有和別人溝通、請教，以致工作出錯也沒有人發現。

　　問題到底出在哪裏呢？時間管理不行？工作方法不對？……

　　針對這個問題，這套書提出了一個簡潔有效的「解決問題三步法」：提出問題（What）、分析問題（Why）、解決問題（How）。

　　面對問題，如果你善用這個三步法，絕大部分的問題都可以迎刃而解。這個解決問題三步法，是在訓練你的邏輯思考

力。按照這個三步法，你接到任務以後，首先該做的不是立刻執行，而是花時間對任務進行解讀。三步法是這樣操作的：

1. 提出問題（What）：對於他人交辦的事情，你與對方溝通並確認了具體的任務目標是甚麼嗎？

2. 分析問題（Why）：你需要花多長時間完成任務？對於應該先做甚麼、後做甚麼，你有時間管理的意識嗎？完成任務需要動用甚麼資源？可以找哪些同事合作？你的人際協調能力和職場交涉能力過關嗎？

3. 解決問題（How）：在紮實做好前兩步的基礎之後，再開始具體執行。別小看上面這個過程，無論是對大項目還是小問題，這三步都行之有效。職場比拼的永遠是一個人的綜合實力，光是單一技能是不足夠的。

給你一套職場指南

一個人在職場中的時間大約為四十年，考慮到現在人類更長壽了，工作時間可能會增加到五十年甚至六十年。有些人重複做一項工作十年都沒有進步，有些人工作一年，比別人工作十年積累的經驗還要多。

我喜歡總結與反思，每處理完一件事情，我都會不斷停下來審視自己的不足，並思考如何改進。很多時候我會寫下

來——寫作有利於思考，有利於沉澱，有利於發現不足，更有利於逐漸找到答案。

這本書不僅對職場新人非常有幫助，對我這種工作了十多年的人也依然有很大幫助——尤其是整本書有圖解示範，閱讀起來更加輕鬆，也使我對職場類書籍有了新的認識，並不是所有的職場類書籍都過於乾澀、難讀。

事實上，每一次職場調動，或者每一次新挑戰，都會讓我們回到一個新的起點，再次成為職場新人。

我很喜歡這套書的編排方式。每個單元開頭都是先由一位職場新人提問，然後書中的 Dr. Benjaman 會給出一個概括性的回答。緊接着，作者便開始介紹相關概念和理論，再用圖解的方式將其具體解釋清楚。整個過程非常生動，而且一目了然。最精妙的設計是，在每個章節結尾部分，作者都會提供一項 Tips，讓讀者知道自己是否真的掌握了這些技能。

帶你進入一個真實的職場

我喜歡這套書還有一個原因，它為讀者再現了一個真實的職場，一次過呈現了上百個常見的職場問題，並且都非常「貼地」，學完就可以運用。

如果我們把進入職場看作就讀一所「大學」的開始，那

麼對我們來説最重要的是甚麼呢？毫無疑問是學習和成長。上學的時候，你可以聽教授授課、去圖書館、跟室友討論，到了職場中，幾乎身邊的每一個人，包括同事、上司，甚至你的客戶、展會上認識的行業夥伴，都可以成為你的老師和指路人。

對於新入職員工的培養，日本的公司往往採用師徒制。如果你的公司也有這樣的制度，那再好不過了；如果沒有，那我強烈建議你主動給自己尋找一位導師，如果暫時還沒有找到的話，你就先把 Dr. Benjaman 當成你的導師吧。相信我，他真的非常睿智。

所以，這是一本適合你隨時翻閱的書，它可以幫助你隨時開啟和 Dr. Benjaman 的對話。快去閱讀吧，書中還藏着非常多的小驚喜，等你慢慢去發現。

「寫作訓練營」創始人

師北宸

人物介紹

——速溶綜合研究所——

　　速溶綜合研究所是一所由各方專家和研究員組成的研究機構,專門研究社會與經濟等方面問題,並為有這方面困擾的人提出解決方案。

　　此次,一家蔬菜批發公司邀請了研究所的 Dr. Benjaman,來幫助員工解決時間管理的問題,通過提高員工掌控時間的能力來為公司獲得更多的發展機會。是甚麼問題困擾着員工呢? Dr. Benjaman 和助手 Kiko 能否順利解決所有問題?

Dr. Benjaman

社會學者 | 性別:男 | 年齡:55 歲

速溶綜合研究所的研究員,專攻社會學。常年帶着助手到不同的地方去考察,現在每週兩次到蔬菜批發公司研究和解答相關課題。

Kiko

Dr. Benjaman 助手 | 性別:女 | 年齡:25 歲

Dr. Benjaman 的得力助手。由於曾經當過新聞記者,所以對於確認事實特別執着,最近跟着博士出入蔬菜批發公司,負責記錄員工們在管理「職場時間」的過程中遇到的問題,並幫助大家制訂解決方案。

Oliver

性別：男 | 年齡：24 歲

蔬菜批發公司市場部的新入職員工，性格開朗、不拘小節，但做事總少一根筋。在處事時常因粗心大意、考慮不周而犯錯。

Lara

性別：女 | 年齡：23 歲

和 Oliver 同一時期入職蔬菜公司的客服部員工，為人內向害羞、做事細心、待人友善，同時非常勤力，不介意加班工作。她想像力豐富，對於蔬菜的各種知識感到無比好奇。

蔬菜君

性別：不詳 | 年齡：幼齒

Oliver 和 Lara 所在蔬菜批發公司的業務部裏，住着許多神秘生物蔬菜君。它們樣子可愛，喜歡跟在業務員們的身邊，幫助他們批發蔬菜。

目 錄

1 | 帶你認識 時間管理

2 | 工作中的 **時間掌握力**

3 | 掌握自己的 **生活時間**

目 錄

4 | 帶你走出 **時間管理的誤區**

5 時間的好伙伴 ——手帳

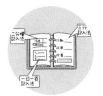

6 時間管理心理測驗
Ready? Go！

第 1 章

帶你認識
時間管理

從校園轉身踏入職場的你,能夠好好分配工作時間嗎?一天超過 8 個小時工作,你是否能有效地處理各種事務?放工後,有沒有盡情享受生活與進修?掌握時間,就能掌握生活!幫你合理管理時間,目標是「沒有浪費」!

LESSON

時間管理的
四個等級

時間管理等級和時間掌握能力成正
比關係，你在第幾個等級？

新入職頭幾天，我感覺充滿幹勁！但隨着工作的難度增加，工作一多，時間就好像不夠用。我想提高一下自己時間管理的能力！

沒問題，想要提高時間把控能力，我們可以先來了解一下時間管理這個概念。一般來說，時間管理有四個等級。初入職場的人多數都有時間不夠用的問題，正處於等級 1。接下來，我們可以了解一下其他等級的做法。

我們所說的時間管理，是指通過合理地安排時間，在有限的時間內，把效率最大化。它既是一種剖析問題的技能，也是一種解決問題的方式。聽起來是否有些高深複雜？其實當你翻開這一頁的時候，你已經處於時間管理的第一個等級了。

等級 1 —— 產生有效使用時間的意識

許多職場新人都會在忙碌中抱怨時間不夠用。其實能感覺到時間不夠用，說明你已經具有想要有效使用時間的意識——這是時間管理的初級階段。

有了意識才會去尋求解決問題的途徑。高效使用時間是解決「時間不夠用」問題的有效對策。要做到高效使用時間，就必須掌握管理時間的正確方法。

等級 2 —— 掌握時間管理的基本方法

第二個等級要求你懂得時間管理的基本方法。首先，我們需要注意的有以下三點：

（1）記錄時間，清楚自己的時間去向。在我們的日常生活和工作中，普遍存在浪費時間的現象。**把大量時間花費在不必要或者不重要的事情上，結果在處理重要的事情或者工作的**

時候，時間不夠用。因此，我們要清楚自己的時間用在哪些地方。以 7 天為一個周期，記錄一天中每隔一段時間，例如每 30 分鐘或每一兩個小時所做的事情，然後做一個統計，這樣就可以了解自己一天的時間都用在哪裏。一週結束後，分析一下這週的時間使用是否合理，並判斷哪些時間是浪費了，哪些時間是可以縮減的，哪些時間是需要增加的。

（2）不可小看碎片時間。比預計的時間提前完成某項工作省下來的時間，就叫作碎片時間。這些碎片時間通常沒有被事先安排任何工作，屬於未被計劃的時間，例如等車的時間、提前開完會議多出來的時間等……**不要小看這些不起眼的時間，我們完全可以靈活利用碎片時間以爭取更多意外收穫。**

（3）分配時間，制訂清晰的時間規劃。我們每個人一天中都要處理很多件事情。如何合理地分配時間，取決於我們對事情的把握，以及對時間的規劃。**辦事效率愈高，所需花費的時間愈少，一天中能完成的工作也就愈多。**如果能開始制訂有效的工作計劃，那麼說明你已經向時間管理的第三個等級邁進了。

等級 3 —— 制訂計劃並能堅持執行

為甚麼說「制訂計劃」到達了時間管理的第三個等級？因為此時你需要具備分析問題的能力。你會考慮自己的辦事能力

與效率，完成一項工作需要多少必要的時間。

在這個過程中，還需要將工作具體化、明確先後順序，而且還需要考慮可變性，讓你的計劃富有彈性。但只有計劃還不夠，**時間管理的第三個等級的重點還在於堅持執行自己設定的計劃**。堅持執行並不是機械地重複同一過程，而是需要在執行

時間管理的四個等級

過程中不斷發現問題，改進自己處理事情和安排時間的方式，從而提升自己對時間的把控力，以及整體辦事的效率。

等級 4 —— 能提高生產性

　　學習把控時間的能力，其根本目的在於提高效率。當你的效率提高了，才會感到自己手頭的時間充盈且有餘裕。**剛進職場時需要三個小時才能完成的資料統計工作，如今只需要兩個小時或者更少的時間**，那麼你就有更多的時間與精力去從容地完成其他工作，你對待工作的態度自然也會更加積極與自信。

職場
筆記

　　學習時間管理的過程就像爬樓梯，一級一級地進階。爬得愈高，你對時間的掌控就會愈好，時間就會利用得愈有效。

2

根據自己的節奏
來安排時間

你的生理時鐘與身體節奏影響你
把控時間的能力。

博士，我覺得自己有時難以集中精力，明明
面對非常重要的工作，需要全力以赴，但分
心的情況時有發生，做事的效率很低，這是
怎麼回事？

我們在一天當中不同的時間段，精力的分佈
會有所不同。如要提高工作效率，建議你先
好好了解自己的生理時鐘與身體節奏。

絕大多數人不可能全日保持精力旺盛，也不可能在 8 個小時的工作時間裏全程高效地工作。因為我們身體的各方面機能，特別是思維及狀態並不是恆定的。我們的身體機能就像波浪線，一天當中會有最高點和最低點，所以會導致我們做事的效率有時候很高，有時候很低。另外，每個人工作效率高低的時間段是不一樣的，有些人在早上做事效率最高，有些人在晚上才有工作的熱情。

你的生理時鐘與身體節奏影響效率

換句話說，每個人都有屬於自己的生理時鐘，每天都有自己的節奏。對剛進入職場的人來說，**如果第一重要的事是要熟悉自己的工作內容，那麼第二位就是好好了解自己的身體節奏。**

既然生理時鐘與身體節奏影響着自己的辦事效率，那麼職場新人具體該怎樣了解自己的狀態呢？這裏介紹一個比較容易執行，並且實踐起來效果不錯的方法，主要分為以下五個步驟：

（1）設定一個實驗周期，如一週或一個月；

（2）記錄每一天的工作詳情，包括具體事項及執行時間、具體耗時多少；

（3）整理你記錄的數據，把相同的工作事項詳情各自歸類；

（4）對比同一件事情的執行時間和具體耗時，找出耗時最短的一次；

（5）整理出執行事項耗時最短的時段。

使用這個方法最後整理得到的，是你一天中辦事效率最高的時段。使用這方法還可以周期性地反覆測試自己的生理時鐘與身體節奏，以便隨時做出工作內容的調整。

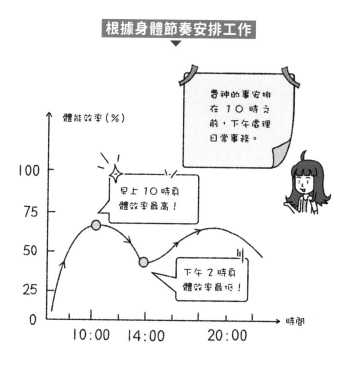

根據身體節奏安排工作

費神的事安排在10時之前，下午處理日常事務。

體能效率（%）

早上10時身體效率最高！

下午2時身體效率最低！

時間

10:00　14:00　20:00

根據你的節奏感來安排時間

一日之計在於晨。懂得把控時間的人往往會把費神的事情安排在上午 10 時之前這些高效的時間段來處理，而下午處理日常業務；不善於管理時間的人則會東扯扯西看看，把高效能的上午時間浪費掉，等到體能與精力下降時才開始做重要的事情，自然也就會無法集中注意力、工作進展緩慢了。

職場筆記

與其拿起紙和筆馬上做工作計劃，不如先好好了解自己的生理時鐘與身體的節奏，好好利用我們每天有限的精力，把事倍功半變成事半功倍。

從目標開始的 倒推法

目標不僅為我們提供動力,還能 指引每一步的目的地。

博士,最近我很焦慮。去年年初制定的目標,到今年好像還沒有實質進展。以前也發生過這種狀況,最後目標也只能不了了之。

這種半途而廢的情況,是因為你沒有有效規劃自己的工作。目標的達成階段與期限如果過於曖昧,就會導致自己在主觀意識上沒有時間緊迫感,無限拉長期限,碌碌無為。為自己一個明確清晰的目標導向,會更合理地安排工作。

時間管理的四個等級

tips：

現在的你為自己設立一個五年的目標吧！

學徒 1年

廚師 3年

主廚 5年

GOAL

為自己設定一個五年後的目標

作為一個職場新手，你也許不知道自己現在具體應該做些甚麼，但是你肯定想過以後要成為怎樣的人，從事甚麼樣的工作。那不如就從這裏開始思考，再深入地想像一下，你在五年後會是甚麼樣子。例如你想要成為一家有名的餐廳的獨資老闆，請世界一流的廚師來主理，另外還有上百名員工一起幫你招呼客人；老闆的角色你做得不錯，深得員工的喜愛。

設定你的未來目標，可以幫你找到一個比較確定的方向。 要注意的是，這個未來目標應該是具體的，例如在具體的時間、具體的地點，你具體在做甚麼等等。通過逼真的想像可以堅定你的決心與動力，並讓你開始行動起來。

由五年後的目標往前倒推兩年

你已經設定了一個不錯的五年目標，五年後的你很開心。雖然在現實中時間是不可能倒流的，但是我們的想像力超越了時空的限制。你已經知道了五年後的自己會在哪裏，做甚麼工作，那麼現在由五年往前倒推兩年想像一下，三年後的你是甚麼樣子？為了實現設定的目標，從現在起三年後的你應該在幹甚麼？你覺得自己在那時候應該會是甚麼狀態？例如你正在

別人的餐廳裏當經理，學習餐廳管理的知識，或者你成了連鎖餐廳的加盟商，生意順利，正計劃和籌備自己開餐廳等等。總之，你正走在實現目標的路上。

如果你已經想清楚自己三年後應該有的狀態，還可以試一試把時間再往前推一段，例如兩年後你應該在做甚麼？為了達到兩年後的水平，那麼一年後的你又應該在做甚麼呢？這樣，在反覆想像和計劃中更加明確自己的目標，讓自己擺脫不安，找到方向。

現在的你是否正在為將來努力

如果你已經認識了三年後的自己，想清楚三年後自己在哪裏居住和上班，甚至你已經想清楚一年後的你正在幹甚麼，**那為甚麼不再加把勁，好好思考一下你現在在做甚麼呢？**你現在做的事情對一年、三年、五年後的目標有作用嗎？有甚麼作用呢？這些都是必要思考清楚的問題。

既然你已經為自己設定好一個不錯的將來，你現在要做的就只剩下找對方向、付諸努力了。如果你現在的工作就是在為你的將來努力，那麼恭喜你，並請抓住屬於你的機會；如果你現在的工作和你的將來沒有太大的關係，那就好好利用你的工餘時間，為將來做些積極的事情；而如果你在日復一日的工作

中學不到自己想要的新技能，並且由於經常加班而沒有足夠時間充電，那麼你的慌亂和所有的不安都是因為你從事了一份你不熱愛的工作，你該為自己的人生目標打算了。

職場
筆記

　　掌握時間的目的就是為了實現你的目標，你的明天建基於你今天的努力。逆向時間法能夠幫助你有效分析達成目標的各個階段，只要找對了方向並堅持努力，就能避免時間流逝卻碌碌無為。

LESSON 4

把控時間
始於規劃

從規劃到計劃——計算好時間成本
再投入生產計劃。

從校園步入職場後,每天大大小小的工作讓我應接不暇,下班後的閑餘時間只想放空自己的腦袋。這樣忙忙碌碌卻又得過且過的生活,一度讓我有些迷茫。

如此忙碌無章,是因為你沒有有效規劃時間,因此工作計劃也是混亂的,讓你身心疲憊。我們可以把時間當作一種成本,先算好成本再開始生產,在某種程度上你就可以掌握工作與生活的主導權了。

規劃的期限

規劃一般是指比較全面長遠的發展計劃，是對未來整體、長期的考量，並在此基礎上計劃的整套方案。因此，時間規劃一般也是指一個較長時間的工作計劃。

如何科學地為自己規劃時間？從上一節我們可以知道，確定時間的期限可以防止實現目標的時間被無限拉長，因此，確定規劃的期限是非常必要的前提。例如業務員 Oliver 想在一年內當上業務部主管，那麼根據他的實際工作和工作完成情況等多方面的達成狀況，規劃的期限有可能是一年。

將時間規劃分解成工作計劃

規劃是一個比較大的概念，很難一步轉為實際行動，因此需要將它細分成多個短時間的可行計劃，才能方便操作。 由此可以看到，時間計劃和時間規劃的區別在於，前者一般指較短時間內的工作計劃，例如 Oliver 今天要打電話給 10 位客戶，那麼時間計劃可以是一天甚至只需半天。

接下來，我們看看業務員 Oliver 若想在一年內當上主管，具體應該怎麼做，這屬於時間規劃。主管並不是 Oliver 想當就能當，他必須向公司證明自己有能力勝任這個職位。怎樣才算

長期計劃的四個步驟

▼

確定規劃期限

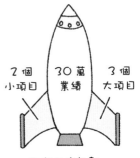

2個小項目　30萬業績　3個大項目

細分工作計劃

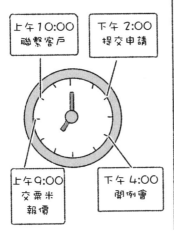

上午10:00 聯繫客戶

下午2:00 提交申請

上午9:00 交票米報價

下午4:00 開例會

制訂詳細的時間計劃

改善時間規劃

有能力呢？工作認真可靠，並拿出漂亮的業績。若要獲得漂亮的業績就需有周詳的工作計劃。因此，細分 Oliver 這個為期一年的時間規劃可以按下面的做法：

（1）**明確自己的規劃目標和期限。**例如 Oliver 決定在一年內當上主管。

（2）**將大目標細化成多個小目標。**如 Oliver 要當上主管，不僅需要工作守時，還需要每個季度完成 30 萬元的業績。那麼再具體到工作守時方面，Oliver 需要將遲到次數控制在每月 3 次以下；業績方面可以再細分為每月至少完成 10 萬元。假設此時每筆小項目可得利潤 2 萬至 3 萬元，大項目有 10 多萬元，為了完成每月計劃，Oliver 就需要一個月完成 3 至 4 個小項目，或是完成一個大項目。

（3）**將工作分配到每一天，並及時跟進自己的項目。**如 Oliver 這個月要完成一個大項目，那麼這個項目每天的進度應該有哪些進展，需要做甚麼事情……這些都要制訂好詳細的工作計劃。

制訂詳細的計劃

在了解自己的工作計劃之後，你就可以將計劃實行到每天的工作之中。可以將每天的工作簡單地做成一個清單，但是要

盡量具體，例如：

- 交粟米的報價予朱先生

- 聯繫客戶劉先生

- 提交收購青菜的申請

- 開例會

為了督促自己及時地完成工作，可以將每一個工作計劃的時間段都設定清楚。 並不一定愈詳細就愈好，設定時間在於凝聚你的行動力。例如：

- 上午 9 時交粟米的報價予朱先生，一併把大白菜報價也給他。（備注：新訂單的潛在客戶。）

- 上午 10 時聯繫客戶劉先生，商談簽合約的細節。（備注：此訂單關乎本月業績。）

- 下午 2 時向林組長提交對青菜的收購申請。（備注：林組長明天出差，一週後回來。）

- 下午 4 時開例會，匯報當週的項目情況。

這樣的每日工作計劃不僅具有明確的指向性，還有時間段的約束性，會更方便執行。除了以清單羅列工作計劃外，你也可以做成表格的形式，甚至可以把制定好的表格打印出來以便查看執行情況。如此，每完成一個小計劃，就離完成大目標更近一步。

改善時間安排

　　制訂時間規劃和工作計劃並不是甚麼難事，誰都能做。但是執行自己制訂好的計劃卻不是件容易的事，因為會有很多因素阻撓你的計劃。例如：自身惰性、經驗缺乏、外界干擾、突如其來的工作……這些都會影響你的計劃。

　　所以說，並不是有了時間規劃、制訂了工作計劃，一切就穩妥可行了。而是要在一段時間內，通過執行制訂好的計劃，不斷地總結及改進，並從中吸取經驗教訓；發現缺點、把一些不可取的地方去掉。通過不斷修改計劃中的重要部分，最終可以令有限時間內的計劃更為合理豐富。直到感到一切都有條不紊的時候，也就改善了時間的安排。

　　成功有效地控制成本，生產時自然也更有信心。先有效規劃你的時間，並計劃你的工作吧，消除雜亂無章的狀態，才能積極面對每一天！

LESSON

5

度過時間管理
瓶頸期

從一條曲線正確看待瓶頸期，
提升實行計劃的執行力。

博士，我想把工作中的每一件事情都做好，可是往往事與願違。即使有了計劃，執行起來還是會花費比預計更多的時間。我換了很多種時間管理的方法還是不得要領，開始懷疑，付出真的會有回報嗎？

「欲速則不達」，你想要獲得回報，關鍵是看你在一個事情上能堅持多久，是否從中吸取了經驗並改善行動。不要害怕瓶頸期，任何事情從入門到精通都有一個過程。

很多人都有過時間管理的念頭和經歷，但大多數人都失敗了。別人總是能保持良好的時間管理習慣，生活、工作都打理得井井有條。而自己今天用一個時間管理方法、明天用一個時間管理小技巧，卻總是執行兩三天就堅持不下去了，自己的時間依舊不知道用了在哪裏。時間管理不成功，其中的原因可以有很多，例如對工作內容了解不透徹、解決方法欠缺成效、外在阻力太多等，其中主要原因有兩個：一是沒有經常分析及改善你的時間管理方案，二是你的執行力太差。

時間管理是一個過程

時間管理是一件講求方法的事情，並不能一蹴而就。我們會在反覆實踐中獲得經驗，也會在執行過程中遭遇瓶頸。只有在過程中不斷地分析，把對你工作沒有大用處卻又佔用時間的因素一個一個地去除，改善自己的工作清單，才算真正懂得時間管理。

在學習和改善時間管理的過程中，我們首先要懂得運用「學習經驗曲線」。

很多職場新人管理自己的時間是為了獲得更好的工作成效，但是多數人的時間管理都不似預期，原因之一是沒有了解時間管理其實是一條「學習經驗曲線」。經驗是通過不斷實踐

學習經驗曲線

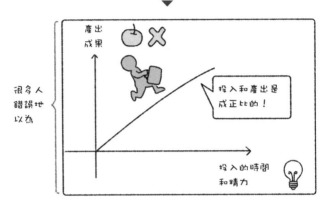

很多人錯誤地以為

產出成果

投入和產出是成正比的！

投入的時間和精力

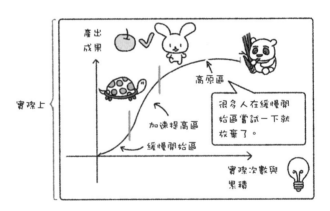

實際上

產出成果

高原區

很多人在緩慢開始區嘗試一下就放棄了。

加速提高區

緩慢開始區

實際次數與累積

和學習一件事情而獲得的。「學習經驗曲線」是指,個體或組織在一項工作中習得更多的經驗後,效率會變得更高。

例如蔬菜公司業務員 Oliver,他溝通的潛在客戶人數愈多,在這個重複的過程中他就愈能學到與人交談的經驗和技巧,在此後的工作中也就愈能掌握客戶的需求,減少洽談的時間成本,快速達成合作。

從「學習經驗曲線」我們可以知道,**由於你的經驗不足,努力所換來的效果可能極其微小,甚至察覺不到,讓你以為自己的時間管理沒有效果**。如果你沒有分析並改善自己的時間管理表格就放棄,盲目開始另一種時間管理的方法,就會陷入時間管理反覆失敗的旋渦之中。

堅定的執行力

四周的同事都在學習時間管理,Lara 也對此產生了濃厚的興趣。她也跟着大家一起繪製了一個工作時間管理表,但持續了一段時間以後,Lara 的熱情慢慢減退,對自己制訂的計劃並未嚴格遵守,最後放棄了。其他同事的工作效率節節攀升,但自己還在原地踏步,這讓 Lara 更加焦慮。

從 Lara 的個案,我們可以看到大多數人的一個通病,是個人的執行力弱。很多人都明白有效的時間管理可以提高工作效率,

但是沒辦法將其變成習慣，最終得到的就只有一次次的失敗。

我們可以從以下幾個方面提高自己的執行力：

（1）對目標要有堅定的意志力。

（2）增強自己的責任感。

（3）做事不要拖拉，拖延症是執行力的強大的殺手。

（4）從小事做起，把執行力運用到每一個工作細節中。

（5）勇於創新，打破自己固有思想，令執行力更強。

想把事情做好，遇到瓶頸並不可怕，可怕的是半途而廢。只有在循序漸進的學習過程中，堅定地執行自己的計劃並不斷改進，相信付出就會有回報。

6

認識並利用
碎片時間

用同樣的時間你可以比別人做
更多的事！

博士，我本來計劃 8 時出門，8 時 30 分到
達公司，然後在 9 時前整理好上週沒有完成
的文件，背幾個英文單詞。但因為堵車，路
途中所花費的時間比預期多，導致今天的計
劃被打亂，也沒有時間背單詞了。

等車和路途中超出預算的時間，其實又叫碎
片時間。現實生活中常會發生各種意外，使
我們無法使一切按計劃順利進行，亦無法完
全避免碎片時間的產生。但是記住，我們依
然可以巧妙利用這些計劃外的時間。

碎片時間又叫間隙時間，前面章節我們提及過，這些沒有被事先安排任何工作的時間，屬於計劃外的時間。每人每天至少花費 3 個小時在計劃外的事情上，例如各種等待、路途中的交通時間等。大多數人在不知不覺中浪費了這些時間，**如果你抓住了這些時間，就相當於每天比他人多了 3 個小時。**

　　這裏主要介紹三種在我們生活中經常出現的碎片時間：

　　（1）兩項工作之間的時間。

　　（2）交通時間。

　　（3）提前完成工作後剩餘的時間。

　　以下我們以業務員 Oliver 週一一天的工作安排和執行情況來仔細講解一下碎片時間。

兩項工作之間的碎片時間

Oliver 週一一天的工作安排

工作事項安排	計劃耗時（分鐘）	開始執行時間點	結束時間點	實際耗時（分鐘）
更新項目情況	30	9：00	9：20	20
部門早會	30	9：40	10：00	20
給客戶 C 準備報價清單	60	10：10	10：50	40

開發新客戶	120	11：00	12：30	90
聯繫客戶 B 預約見面時間	20	14：00	14：10	10
前往 D 公司	30	14：20	15：00	40
商務談判 →簽訂合約	60	15：10	16：00	50
從 D 公司回公司	30	16：10	16：30	20
總計一天的工作	60	16：40	17：40	60
下班時間		18：00	18：00	

　　從表格的第一列「工作事項安排」，可以看到業務員 Oliver 在週一這一天安排了不少工作。接着請看表格的後面四列，並着重看一下第三和第四列，也就是「開始執行時間點」和「結束時間點」這兩列。你會發現 Oliver 在安排工作事項和具體落實時間的時候，上一項工作和下一項工作之間會有一小段的閑暇時間，例如：第一個事項「更新項目情況」，Oliver 安排了 30 分鐘，從早上 9：00 開始執行，那麼理論上，第二個事項「部門早會」的開始執行時間點，應該是在第一個事項「更新項目情況」的結束時間點 9：30，但 Oliver 為了計劃更有餘裕，把第二個事項「部門早會」的開始執行時間安排在了 9：40。於是，從「更新項目情況」的結束時間點 9：20 到「部門早會」開始的 9：40 之間，有了 20 分鐘計劃外的時間。像

這樣，**上一項工作與下一項工作之間相隔的時間段，就是我們日常工作中最為常見的碎片時間之一。**

這樣的碎片時間，如果不加以利用，往往就會被白白浪費掉。爭分奪秒的人會把這樣的時間加到下一項工作裏使用，但是不少人在完成了一項工作之後，並不會馬上進入下一個工作環節。若不想浪費這個時間，又想勞逸結合的話，可以用來做以下幾件事情。

（1）走動一下，喝杯水，或者去一趟洗手間。這樣既可以使自己在執行下一項工作的時候更專注，同時也放鬆了大腦。

（2）花幾分鐘做眼保健操。不僅可以恢復狀態，還能更精神飽滿地進入下一項工作。

（3）為下一項工作做準備。例如 Oliver 在更新項目情況後有 20 分鐘的碎片時間，那麼可以以一種輕鬆的狀態，把接下來的部門早會所需要的文件整理出來並預備一下。

交通時間

從表格第一列，可以看到 Oliver 要去 D 公司進行一場商務談判，從自己的公司到客戶的地址預計需要花費 30 分鐘，往返就是 60 分鐘。路途上的這一個小時的交通時間，也是碎片時間的主要組成部分。

如何利用交通時間呢？對於很多人而言，一天中的交通時間一般有 1 至 2 個小時，如果只是毫無目的地玩一玩手機、發一發呆，那麼不知不覺中這段時間就被浪費掉了。其實我們完全可以利用交通時間來為自己充電。

　　（1）**瀏覽新聞。**與其毫無目的地玩手機，不如看一看手機裏的新聞，尤其是與自己所屬行業、職業相關的新聞事件。既可以擴展專業資訊，又能使自己與同行更有共同話題。

　　（2）**看書。**隨身攜帶一本輕便的好書，在光線明亮、環境適合的時候可以讀一讀。如果覺得書籍攜帶不方便，同樣也可

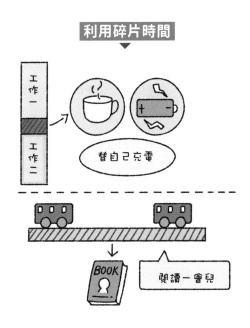

利用碎片時間

替自己充電

閱讀一會兒

以用手機閱讀電子書。不要小看這一兩個小時的交通時間，這是每天的閱讀時間，試想想能夠吸取多少知識。疲勞的時候，還可以聽一聽舒緩的音樂。

（3）語言學習。如果不習慣在交通工具上看書，那麼語言學習也是一個很好的選擇。可以聽新聞、練習英文聽力……當別人無所事事的時候，你可以抓住時間和機會為自己增值。

提前完成工作後剩餘的時間

在大多數職場人士的眼中，工作完成之後多出來的時間都不會被重視，更別說會被充分利用。這些時間通常都會被白白浪費在一些與工作無關的事情上。人們最喜歡用到的、感到問心無愧的藉口就是：「事情做完了，多出來的時間是自己通過努力爭取的」。

同樣地，請再看表格。對比一下第二列的「計劃耗時」和第五列的「實際耗時」，你會發現 Oliver 執行各項工作事項的實際耗時普遍都比計劃耗時少。實際耗時少於計劃耗時，多出來的就是碎片時間。而這樣多出來的時間因為比較短暫，很難被充分利用。

但是再短暫的時間，也是珍貴可用的。**針對提前完成工作後剩餘的時間，有一種穩妥可靠、效果更好的利用方法：完善**

上一項工作的結果。例如客服部 Lara 的工作計劃上有「下班前回覆客戶郵件」一項，預計的執行時間是 30 分鐘。但是在實際操作中，寫郵件只花了 20 分鐘，剩下的 10 分鐘就是下班前多出來的碎片時間。Lara 用這 10 分鐘仔細檢查自己的郵

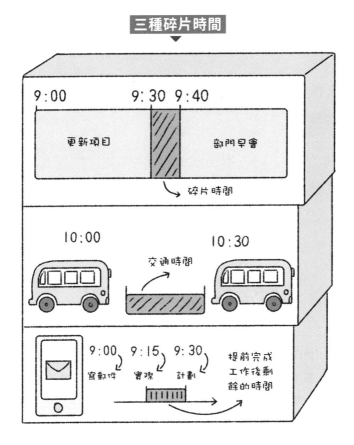

件內容，及時發現了錯別字和容易引起誤會的句子並修正了過來，避免了在客戶心中留下不好的印象。

職場筆記

　　碎片時間遍佈生活與工作的每個角落，稍不經意，它就溜走了。抓住它，就相當於抓住了更多可以利用的時間。有了這樣的意識，剩下的就是要堅持行動了。

時間管理的診斷

為你的時間管理能力
做一次大檢查！

　　管理時間的最終目的是要有效利用時間，從而提高工作效率，完成工作。但如果是不正確的時間管理，反而會得不償失。因此，你需要定期檢討時間管理的方式。

如何診斷時間管理

　　下面是一份適用於職場新人的時間管理診斷問卷，共有15 條問題，每條問題有 A、B、C 三個選項，請選擇最接近實際情況的選項。注意：你的答案應反映你的實際情況，而不是理想情況，這個問卷結果是否有用，取決於答案的準確程度。

時間管理診斷問卷

編號	項目	A	B	C
1	你有時間管理的意識嗎？	沒有意識過	時而意識到	總是保持意識
2	你是否能確定自己一天的工作量和工作時長？	不確定	偶爾	每天都會提前確定
3	是否按時間段分配工作？	沒有分配過	分配了	分配了，且嚴格執行
4	留意過如何利用碎片時間嗎？	沒想過	偶爾會留意	每天都會留意
5	每天檢查郵件的次數及時間段定好了嗎？	沒有	定好了	定好且每天執行了
6	桌子上和抽屜裏的資料能在需要時馬上找到嗎？	找不到	找的話肯定有	馬上能拿出來
7	主要業務的時間期限有沒有逐一設定？	沒有	設定了	設定了，出現意外時能馬上修正
8	是否能將翌日的工作表格化，並決定執行的順序？	沒有	時而能定下來	每天都會定好
9	為了保證按時完成工作，會把計劃都安排好嗎？	沒有建立計劃	時而建立計劃	每月、每週都會計劃好
10	活用了手帳等時間管理工具嗎？	沒有用過	有在用	在用，且效率確實提高了
11	你有長久且堅定的目標嗎？	沒想過	沒有	有
12	你經常檢討自己是否正確安排時間嗎？	沒有在意過	偶爾	每天都會
13	你有感覺到自己的做事效率正在提高嗎？	完全沒有	不知道	感覺到有明顯提高

14	你清楚自己各項工作的耗時嗎？	沒有注意過	不是很清楚	清楚
15	你明白時間管理對你的工作意味着甚麼嗎？	不清楚	大致清楚	提高工作效率

【評分方法】

選擇 A 得 1 分，選擇 B 得 2 分，選擇 C 得 3 分。將你各題的得分加起來，從下面的結果分析中找到自己對應的分數區，即可以判斷出自己的時間管理能力大概處於甚麼狀況。

【結果分析】

35~45 分，有很強的時間管理能力，時間管理效果良好。能有目的、有計劃、合理有效地安排時間。工作效率很高。

25~34 分，善於管理工作時間，時間管理效果不錯，但是在時間管理的方式上還有待進一步改善和提高。

15~24 分，時間管理的有效性一般。在時間的安排和使用上缺乏目的性，因此計劃性較差，時間觀念較淡薄。

14 分及以下，時間管理觀念淡薄，不能合理地安排和使用時間。需要加強鍛煉，逐漸掌握時間管理的技巧。

時間管理診斷結果

35~45分
有很強的時間管理能力

25~34分
善於管理工作

15~24分
時間管理有效性一般

14分以下
時間觀念淡薄

初步改進的小方法

如果所得的分數較低，則需要努力尋求改進的方法、增強時間觀念了。請緊記：「最嚴重的浪費就是對時間的浪費。」

那麼，我們來看看時間管理切實有效的入門方法。

（1）**制訂時間的使用計劃，並認真執行。** 以星期為單位制訂一個較長的計劃。每天要有「每日工作計劃表」和「時間使用表」，嚴格地按照計劃執行，並自覺檢查和總結。

（2）**記錄和分析一天內使用時間的實際情況。** 將一天裏所做的事情及對應的時間記錄下來。然後分析，看看哪些時間使用得有價值，哪些時間是被浪費掉的。

課後作業

基本

先從時間管理的第一階段：培養有效使用時間的意識開始吧！

活用

試試規劃一下自己的目標與實現的期限，掌握自己的時間，向着目標前進！

第 **2** 章

工作中的
時間掌握力

面對堆積如山的工作，你會運用時間管理小錦囊應付自如嗎？剛進公司，是不是覺得工作多起來就手忙腳亂？你是否容易被他人干擾？面對複雜的工作，做起來力不從心？看完這一章，這些問題就能迎刃而解啦！

工作清單
是一天的 GPS

清單可以為你一天的工作保駕護航。

晨早回到辦公室,粗略地想了想昨天沒做完的工作和今天的待辦事項,就感到苦惱!不知道應該從哪一件開始……

一整天的工作有點像駕車,目標是目的地,工作清單則是路線圖。必須先理清輕重先後再開始,列一份清晰的工作清單會讓你效率更高。

到公司不要急着開機

很多人還沒弄清楚一天要做的事情就打開電腦工作，覺得自己這樣是在抓緊時間，爭分奪秒。事實上，這是一個錯誤的想法。回到公司，第一件事情應該是先羅列一天要處理的事情，理清思緒再開始做事，才可讓自己一整天都有條不紊地工作，不僅可以彌補用在梳理思緒的時間，更會大大提高工作效率。

大部分人的工作狀態是想起甚麼工作就做甚麼工作。在工作量少時勉強可以完成，一旦工作量大起來，就像「毫無準備就上場的士兵，被滿天炮火轟得四處亂竄」。工作量大的時候，人的大腦會因為緊張，而選擇性地遺忘很多事情；這個時候把要做的事寫在紙上才是明智之舉。

在紙上寫上待辦事項

在寫待辦事項時注意以下幾點即可：

（1）考慮事情的重要性，把要完成的工作羅列出來。

（2）如果前一天有未完成事項，建議寫在清單的最前面。

把一天的工作事項全部羅列出來之後，先不要着急開始。每天的工作都有輕重緩急之分，你必須要先好好分析羅列出來

的工作清單，排好先後順序。把重要的事情、高效益的事情優先安排，然後確認你有多少時間完成清單上的事項。

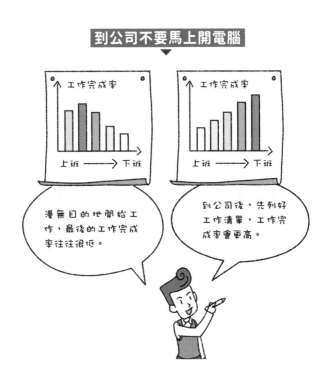

為清單上的工作設置時限

列好清單之後要確認好自己的下班時間。確定下班時間是為了讓你知道，自己有多少時間可以用來工作，讓你知道如何

分配時間，再為清單上的各個事項設置截止時間，有以下事項需要注意的：

（1）根據以往的工作經驗，設置大致完成的時間。

（2）切記不要將各項工作的時間安排得過於緊湊，要讓時間更富有彈性，在每項工作之間留有一定的緩衝時間，便於應對意外情況，又或是用來休息。

最後一件事，就是在完成工作計劃的過程中，記得查看工作清單。這樣既可以起到提醒自己的作用，也可以間接提高工作效率。查看的頻率沒有標準，可以在你感到疲憊的時候查看，或者在完成一項事項的時候查看。

「凡事預則立，不預則廢」，工作清單幫助我們為工作中的事項有系統地確認，還無意中提高了我們對工作的掌握能力。

職場
筆記

工作清單是一天工作的 GPS，羅列清單可以讓你工作有方向，忙而不亂。從今天起，到達辦公室的第一件事從開電腦變成列工作清單吧！

25 分鐘內
只做一件事

把時間分成小塊使用，更能提高效率！

博士，我覺得最近工作時都是斷斷續續的狀態，注意力不集中，容易導致每件工作都做得不好。

我知道一種非常有效的方法，可以幫助你明顯提高工作效率，那就是把整塊時間分割成多個小段時間來使用，並且一次只做一件事。

大學時代寫期末論文時，一週的期限總是拖到最後一天才熬夜寫完。在安排工作時，像「上午做甚麼、下午做甚麼」這種粗略的安排或許可以用來跟上司交代，實際操作時往往遇到困難。在管理和規劃時間的時候，很多人習慣以一個月、一個星期，或者一天為時間單位。實際上，我們在工作過程中，還可以用一個更短的時間段為單位，例如時間管理規劃以 25 分鐘為一節，把大塊時間分割，靈活運用以提高工作效率。如果能把寫論文實際所需時間分割成幾個 25 分鐘，就不需要到最後熬夜才能寫完了。

番茄工作法

番茄工作法因其「簡便易操作」的特點為人熟知，由弗朗西斯科·西里洛於 1992 年創立，它的簡便性體現在只需要三件東西即可：一份清單、一支筆和一個計時器；這個計時器也叫番茄鐘。

番茄工作法的核心在於「一次只做一件事」，即在 25 分鐘內專注進行高質量的工作，然後拿出 5 分鐘的時間休息，如此循環下去，直到完成工作。換言之，「不是以事情去劃分時間，而是主動地將時間劃分」。運用番茄工作法可以預防拖延症，以及提高專注力。

如何在工作中運用番茄鐘

　　運用番茄工作法和我們每天列清單是完全獨立的兩件事情，你列出清單後不用每一件事情都按照番茄工作法來進行，靈活地選擇幾件即可。另外你還可以每天定 1 至 2 小時作為自己的番茄時間。例如今天下午需要集中整理業界資料，那麼你可以在下午 3 時至 5 時為自己設置 4 個番茄鐘，每 25 分鐘休息 5 分鐘，保證自己集中精神完成工作。需要注意的是，番茄工作法也有自身的局限，不是每一件工作都適用，它更適用於

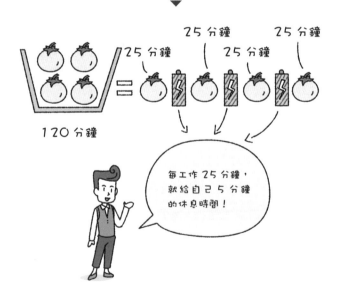

番茄工作法

120分鐘

25分鐘　25分鐘　25分鐘　25分鐘

每工作 25 分鐘，就給自己 5 分鐘的休息時間！

短期、高效類的工作。所以我們需要根據具體情況來選擇。

　　Oliver 的今日清單上寫了一項「寫好與 A 公司的協議書」，寫協議書是一件考驗人的思維縝密度的工作，每一項條款都要詳細列出，不能有遺漏。於是 Oliver 決定用番茄工作法來完成這件工作。首先，他把合約擬定這一件事項劃分為幾個步驟，分別是擬定我方條款、擬定他方條款、兩方注意事項及核對檢查這四個部分，Oliver 預估的時間是前兩個步驟各用兩個番茄鐘，後面兩個步驟各用一個番茄鐘完成。這樣在每一個番茄鐘進行時，Oliver 都集中精力完成自己設定的每一個步驟。

運用番茄鐘時的注意事項

　　番茄工作法在運用的過程中也有一些「規則」，主要有以下兩點：

　　（1）**工作中要注意勞逸結合**，每工作一個番茄鐘要休息 5 分鐘，恢復精力。

　　（2）**一個番茄鐘的時間內工作不能中斷。**一旦開始工作，就不能以任何理由中斷，以保證自己可以集中注意力。

　　在我們判斷一個時間管理的方法是否可行時，首先要了解這種方法適合在哪些情況下運用。

　　番茄工作法也是如此，它可以有效地提高我們對一件事情

的專注度，它運用的方式簡單，為我們提供了很大的方便。我們也要了解其規則和運用方法，發揮其最大的作用，提高我們對於時間的掌控力。

職場
筆記

　　番茄鐘在提高專注力方面顯著有效，在工作過程中，如果時常感覺到被打擾，專注力變差時，不妨就拿起手機設置幾個番茄鐘，開始專心於你的工作吧！

分解大項目
靠小動力完成

可以把大而複雜的工作分解成小
而簡單的工作來逐個擊破。

博士，我最近手上有一個工作量很大的工作，讓我感到焦慮，總覺得以自己的工作經驗根本不可能完成。這樣畏懼的心理還影響到我的工作進度以及工作效率，我該怎麼辦呢？

其實大的工作也是由小的工作組成的，這個時候就要考驗你「分解」工作的能力，讓大項目變得更加容易進行。

遇到難度高、工作量大的工作時，我們應該將大項目的工作分解成小目標。通過這種方式，可以讓你每次看到清單，就能意識到每天需要完成的工作與大目標之間的關聯，很多讓你覺得無意義的小工作在大目標面前就有了意義。關於如何在實際工作中使用分解工作的方法，主要有三個步驟：1. 確定工作範圍、2. 工作分解、3. 保持低馬力逐一擊破。

1. 確定工作範圍

明確工作範圍是第一步，也是關鍵的一步。**確認工作範圍要從接到工作那刻起，就了解相關要求、確定交付時間、了解成品要求等。**

Oliver 最近接到公司為他安排的每月目標，就是這個月要完成 20 萬元的銷售額。Oliver 剛進公司兩三個月，而且沒有穩定的客戶源，這對他來說是一個大難題。Oliver 冷靜下來後想到，應該先確定好自己的工作範疇的資料。於是，他先收集了公司的蔬菜的定價、熱銷蔬菜品種，以及公司的特色蔬菜套餐等，然後向項目組長詢問了幾個穩定客戶的聯繫方式。雖然只是解決了一些小問題，但是 Oliver 總算可以舒一口氣了，總算邁出了第一步，為下一步的工作分解工作提供可能性。

2. 將工作分解為小目標

　　這一步是最重要的一步。你已經清楚了自己要解決的事項，而且還做好了前期工作，接下來就得分解工作。就好比把一個大西瓜切開來吃一樣，今天打算吃多少，明天想吃多少。工作分解比「切西瓜」要更困難，**其中最重要的一個原則就是要找到分解節點。**

　　Oliver 抓住了兩點重要因素：客戶的數量和客戶的訂單量。在 Oliver 看來最理想的情況是：主力針對 5 個客戶，每個客戶的月訂單量在 4 萬元左右。不過這也只是 Oliver 的初步「分解」想法，因為每個客戶的月訂單量不可能一模一樣，只能說向 4 萬元的數字靠近，一旦少於或者多於 4 萬元，可以再調整，即增加或減少客戶數量。這樣可以將一個工作量很大，或者難度很高的工作分解成一些輕巧、簡單的工作；而分解的關鍵在於找到這些小工作之間的節點。

　　Oliver 每天下午 2 時至 3 時打電話開發新客戶，並為自己制定了一個星期開發兩個新客戶的小目標。

　　像這樣在一個大項目中，**工作與工作之間沒有必然聯繫的「關係」，那就是工作節點。**分解工作的方法有很多，你可以根據自己的記錄習慣，製作成一個整整齊齊的表格，也可以畫成一目了然的樹狀圖等。

3. 保持低馬力逐一擊破

將大而複雜的工作分解成多個小工作後，你內心的擔憂和恐懼就會被消解掉。接下來你就需要將分解後的工作落實到每天的工作計劃當中，且堅持不懈地低馬力逐一擊破。

例如 Oliver 確定了每週開發兩個新客戶的目標之後，每一週都會提前準備好客戶資料並且及時交涉。20 萬元訂單看起來就給人很大壓力，但是一個星期開發兩個客戶似乎不是甚麼難事，每天只需要花一個小時左右就能做到。Oliver 不僅把公司的蔬菜項目了解清楚，還提高了自己對於時間的掌握能力，再也不怕銷售工作帶來的壓力。

經過分解的工作不但不會讓你感到無法完成，還能每天提醒你，你的工作不是一些瑣碎無趣、不得不執行的緊急工作，而是自己計劃的產物。 依次完成小工作，累積完成工作的成就感，會讓你在面對大項目時更加自信！

分解大項目靠小動力完成

1. 確認工作量

20 萬元訂單

2. 工作分解

1 個 小客戶　2 個 中客戶　2 個 大客戶

3. 低馬力逐個擊破

職場 筆記

　　愈是龐大、複雜的工作，開始時需要的動力也就愈大，將大項目成功分解成小工作之後，只需要一點點動力就能開始。然後通過逐一分解，完成各個細分項目，工作就能一點點地按計劃處理好。

同類事務整合處理
效率驟增

一次處理相同類型的事務可以
提高你的效率。

博士,我最近時間的掌握力提高了!但又遇
到一個新難題:因為在不同的工作項目中,
反反覆覆地處理同一件雜務,浪費了不少時
間,工作效率減低了。您說是不是我做事的
方式有問題呢?

每件工作要處理的程序多且雜,但是仔細分
析這些雜事你會發現,很多件雜事的性質是
相同的。把同一類工序集中起來處理,效率
自然會更高。

在你的工作清單中，會發現不同的工作有着相同的處理步驟，如聯絡、打印、查資料、整理資料及寫申請等。按照某些人的工作方式，就是不停地重複這些相同的工序，但是真正的職場老手會採用一種更加有效的方式來處理，那就是整合處理。具體該怎麼使用這種方法呢？可以按這四步處理：1. 羅列要完成的事項、2. 拆分實施工序、3. 做好工序分類標記及 4. 同類工作整合一次完成。

1. 羅列要完成的事項

如果你想把工作事項分類，那麼第一步就是羅列當天要完成的事項，和前文提及的列出工作清單一樣，這一步是我們必須要做的。

Lara 在客服部工作，主要是負責蔬菜的售後服務工作，主要的工作內容是每天收集一些客戶的建議並整理。客服部的工作最大特點是事情多而且繁瑣，這時就需要把要做的事列出來。

需要注意的是，不是每一件瑣事都要羅列，只要羅列出每日最重要的幾件事情即可；這也是後續拆分工作的基礎。

2. 拆分實施工序

每一個工作都有許多工序，這個不難理解。Lara 今天的主要工作是分別和客戶 A、B、C 溝通，收集他們對蔬菜新鮮度、運輸以及蔬菜品種的要求，再將他們的意見各自輸入電腦並打印出來。這個時候 Lara 要經過這幾道工序：和客戶交談以及交換意見、將客戶的意見輸入電腦、打印及提交給上級。簡而言之，就是 Lara 要重複三次上述的程序，那麼還有更加效率的辦法嗎？

Lara 想到了拆分工作工序。她將這項事務拆分成三步，依次是：聯絡、資料整理、打印。這讓 Lara 更加清晰自己的工作脈絡，在便於處理工作的同時，也提高了自己對時間的掌握能力。

3. 做好工序分類標記

拆分好工作工序後，開始分類，把同類事務整合在一起，按聯絡、資料整理、打印標記起來。

例如把所有需要電話聯繫的事務整合到一起，標上「聯絡」的記號；把所有要打印的文件整合在一起，標上「打印」的記號；把所有需要查找資料的工作整合到一起，標記「查資

料」的記號；把所有需要寫申請的工作也標上「寫申請」的記號。**做標記的時候注意要仔細，不要遺漏。**做好標記之後你還可以寫一個簡單的時間安排，把甚麼時候做哪一類事務的時間確定好，並估算一下多久能完成一項工序，這樣做效果會更好。

同類事務整合處理

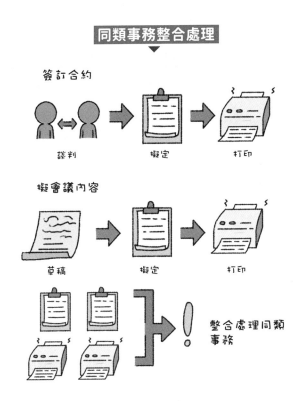

簽訂合約

談判　　　擬定　　　打印

擬會議內容

草稿　　　擬定　　　打印

整合處理同類事務

4. 同類工作整合一次完成

當你羅列出清單、拆分好工序、分好類並做好標記後，剩下的工作就是按照這些標籤來執行。

採用同類事務整合處理的方法，可以讓你的工作效率再上一個層次，讓你在更短的時間裏完成工作，或在相同的時間裏完成更多工作，也可以讓你在工作中獲得更多的個人回報。

面對重複性高的瑣事不能有「做一件算一件」的消極態度，這樣做容易打斷我們的工作思維，讓我們的工作效率直線下降。列出這幾件事項重複的具體步驟，把這些步驟整合處理，學會「走捷徑」。養成整合處理的好習慣，處理起事務來自然事半功倍！

學會整合處理會讓你工作起來有「捷徑」可走，提高你對時間的把控力。更有效地利用時間，讓你向有經驗的職場老手靠近。

LESSON 11

徹底排除
工作中的干擾

排除干擾才能心無旁騖，
在有限時間內提高工作效率！

博士，我總覺得公司的干擾實在是太多了，不管是集中時間還是集中精力去處理事情都很難。到底如何才能讓自己的工作環境變得「清靜」呢？

公司是一個大集體，每個人的工作時間都會有差別，我們可以通過以下將要介紹的模式來排除干擾因素，做到有效使用時間！

當你想要埋頭苦幹，處理事情的時候，突如其來的電話、同事有心無心的各種搭話等事情，總是一件接一件地發生。不僅打亂了你的計劃，也磨光了你想要做事的衝動。因此，我們應該每天為自己設置幾個小時的集中模式。

工作中常見的干擾

工作中常見的外界干擾數之不盡：各種打進來的電話、同事發出的聲音和搭話、通訊軟件上的各種訊息提示音、郵件、臨時會議及工作等。

這些干擾是導致工作計劃進展緩慢的主要因素，並且不可完全消除。為了確保工作順利進行，我們只能採取措施，盡量減少和避免工作中的干擾。

減少外界干擾的措施

- **戴耳機。**很多時候，我們都不能百分百保持所處的環境寧靜，因為工作環境不是你一個人可以決定的，你不能要求所有人保持安靜，讓你可以好好做事。但是你能減低耳朵受到干擾的機會，在你需要集中精力和時間去工作的時候，戴耳機會是一個很好的方法。

- **口頭交代。**有時候，口頭交代也不失為一個保證自己可以開啟集中模式的好方法。如果碰巧你在公司的人緣很好，同事總愛找你聊天，讓你工作中斷，你可以禮貌地直接告訴對方你正在處理一個棘手的工作，不方便聊天。當你真的要集中精力處理一件事的時候，真誠地交代一下別人不要打擾你，他人也不會介懷。

- **掛「請勿打擾」的牌子。**用掛牌的方式提醒別人不要打擾你，是最直接有效的方法。如果你有一個獨立的辦公室，可以準備一個「請勿打擾」的牌子，工作繁忙時就將牌子掛在門上，倘若有人來找你，也會明白你的用意。又或者在電腦上方貼上「聚精會神處理重要事情中，稍後聯繫」，然後戴上耳機繼續工作。幽默的口吻會讓同事忍俊不禁，並心領神會不忍心打擾你。需要注意的是，使用這種方法最好是在知道上級不會有事來找自己的前提下。

- **關閉提示。**電話鈴聲、WhatsApp、電子郵件等的提示音和其他彈出框，會產生不必要的噪音和視覺干擾，這也是工作中最常見的干擾。最好的辦法是盡可能停用彈出框和提示音，並放置在不會分散自己注意力的地方。取而代之的是以合理的時間，間隔查收電子郵件或語音郵件消息，例如每小時查收一次。

- **更換辦公地點。**若是遇上需要馬上處理的工作，絕對不能受到打擾，那麼在不能百分之百確定不會受到干擾的時候，可以帶上你的筆記本電腦去一個安靜的辦公地點，加緊處理要務。公司的會議室，或者沒人的休息室，都是可以考慮的地點。

開始專注的工作狀態

　　保證工作效率的最佳方法就是專注。大多數抱怨自己花了很多時間，工作進度上卻沒有明顯進展的人，主要原因之一就是沒有進入一種專注的工作狀態。所以，**要高效使用時間，首先要進入「專注」的狀態，其次是保持這種狀態工作。**

- 如何進入「專注」狀態

  讓自己進入專注的工作狀態的方式有很多，例如：閉目深呼吸幾次、聽純音樂、冥想幾分鐘等。每個人進入狀態採取的方法可能都不一樣，可以先通過前面的章節介紹的方式，了解自己的生理時鐘與身體的節奏，找到適合自己的方式快速進入集中精力的狀態。

- 如何保持「專注」狀態

  進入狀態是開始，保持狀態才是做事高效的保證。以下幾種方法可以有效地讓你保持「專注」的工作狀態。

（1）把大項目分解成多個耗時耗神較低的小工作去處理。可以直接運用前面介紹的分解工序方法。

　　（2）運用番茄鐘，集中對一件事情的注意力。

　　（3）留出休息時間來恢復體力，休息是為了更好地工作。

　　（4）製造無干擾的工作環境，主動避免干擾。

減少干擾的工作方法

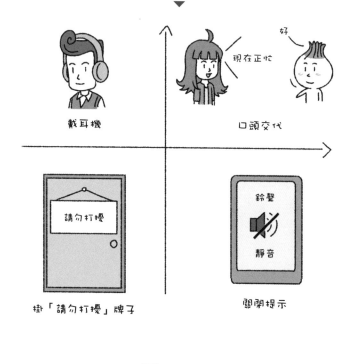

戴耳機　　　　　　　口頭交代

掛「請勿打擾」牌子　　關閉提示

職場筆記

　　外界的干擾時刻存在，必要時可採取適當的措施去避免干擾，讓自己每天都有一段時間高度集中注意力，確保工作有良好進展。

整理自己的標準時間

{ 做事要有自己的標準時間！ }

　　工作中，同一件事情，交給不同的人來做，完成的時間也不一樣。這是因為每個人對處理同一件事情的標準時間不同。標準時間就是你正常處理一項工作所需要的時間長短，整理自己的工作事項的標準時間，可以讓你好好安排工作。

為甚麼要整理出自己的標準時間？

　　很多職場新人對各項工作所需要的具體耗時預算錯誤，這也是造成時間浪費的一大原因。下面是業務員 Lara 週一一天的時間使用情況。

Lara 週一一天的時間安排

工作事項安排	計劃耗時（分鐘）	開始執行時間	結束時間	實際耗時（分鐘）
確定工作清單	30	9：00	9：20	20
更新項目情況	30	9：40	10：00	20
為客戶 C 準備報價清單	60	10：10	10：50	40
新客戶開發	120	11：00	12：40	100
更新客戶資料	20	14：00	14：10	10
前往 D 公司	30	14：30	14：50	20
商務談判、合約簽訂	60	15：00	16：00	60
從 D 公司回公司	30	16：10	16：30	20
總結一天的工作	60	16：40	17：40	60
下班時間		18：00	18：00	

甚麼是標準時間？**標準時間是在正常的操作條件下，以正常的處理方法、合理速度來完成符合工作要求所需的時間。** 標準時間可以作為往後安排工作時間的參考，同時也能作為提高效率的參考。

從表格中，我們可以看到業務員幾乎在每一項事情上的時間安排，都做不到完全精確。事項的時間安排與實際耗時相差太多，造成的後果，當然就是白白浪費了不少時間。確實，工

作中有些事情執行起來，所需時間多少很難精確估算。例如表格中的「商務談判」，有些客戶容易接觸，也有些客戶不易溝通，時間無法估計。但是，也有很多事情是可以大概預估完成時間的，例如表格中的「確定工作清單」、「更新項目情況」、「更新客戶資料」等，這樣重複性較高的事項，每天整理資料所需的時間大致上都可以確定。

　　對於重複性較高的事項，我們可以整理出時間標準。具體的做法是，根據自己的長期經驗，慢慢掌握自己在每項工作上實際花費的時間，從而整理出一套自己在各項工作上的標準時間。

整理標準時間的 5 個參考

　　（1）正常的工作條件：工作條件及環境符合要求。

　　（2）熟練程度：參考一段時間的實際耗時數據統計。

　　（3）工作方法：按日常工作標準規定。

　　（4）工作速度：勞逸結合才能使我們工作更舒心。

　　（5）質量標準：以產品的質量為基準，基本原則是通過自我檢查完成。

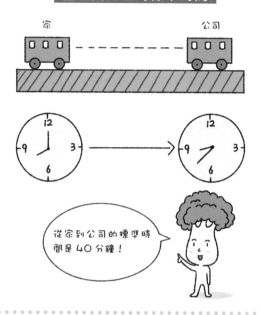

整理標準時間的 9 個步驟

（1）以一天為單位記錄數據，設定實驗期限，如一個月。

（2）羅列出相關工作項目。

（3）填入每項工作的目標時間。

（4）開始正式處理工作，並記錄時間。

（5）處理完成後，記錄實際耗費的時間。

（6）目標達成打勾，沒達成打叉，並為完成滿意度評分。

（7）填入完成的經驗或沒完成的教訓。

（8）重複步驟（2）至步驟（7），直至一個月期限滿。

（9）分析實驗數據，整理出適用於自己的標準時間。

整理自己的工作標準時間，是數據化管理時間的一項重要工作。整理自己的標準時間並加以利用，能為你安排工作提供合理的依據，同時也有助設定提高效率的目標。

課後作業

基本

停止抱怨工作量太大，工作瑣事太多。現在開始為自己製作第一份工作清單吧！

活用

將工序複雜的一件工作拆分成多個步驟，可以整合一次過完成，提升你對工作中每一件小事的成就感。

第 **3** 章

掌握自己的
生活時間

職場和生活如何平衡？生活中的時間管
理小妙計！除了繁重的工作，你還被生
活上的瑣事壓得喘不過氣？看到自己凌
亂的房間加重了鬱悶的心情？其實學會
做飯也能提高自己的時間掌握力！

LESSON 12

節省時間請從
處理雜物開始

學會斷捨離，讓生活簡單又舒心。

我平時喜歡購物，各種各樣的物品填滿整個房子。有時候找件東西要花幾十分鐘甚至更久的時間，而且雜亂的生活空間常常讓我感到焦慮。

大部分人的房間都堆滿了各種東西，每天都要在雜亂的物品中花費大量時間尋找。其實生活上有許多不必要存在的東西，不妨將這些不需要的物品捐贈或者處理掉。

或許你會有這樣的感受，身邊總是堆滿了各種雜亂無章的物品。例如不會再穿的衣服、不再流行的裝飾品、沒用的贈品等；這樣的生活環境容易讓我們心情焦慮。此外，單單是找東西就已經浪費了我們很多時間。從現在開始，如果你想有時間過自己想要的生活，請處理掉一切妨礙你快樂生活的雜物。

　　既然要處理掉那些會浪費我們時間的冗餘物品，首先要想的是哪些雜物會浪費時間。 既要考慮物品的價值，也要考慮物品的作用。在每個人的生活中，都會有一些東西是毫無作用的，例如已經不能用的筆、各種精巧的包裝盒；也有一些看起來不一樣，但是作用一樣的物品，例如有些人家裏有 4 個甚至更多的保溫瓶，一個人需要 4 個保溫瓶嗎？那些有相同用處的東西，留一兩件就可以了。減少你生活中物品的選項，反而更能節省和掌握時間。

斷捨離也要講究順序

　　既然已經清楚了需要處理哪些物品，下一步就是捨棄不需要的物品；捨棄物品需要依次處理。

　　先丟去不再穿的衣物；Lara 有很多衣服，其中有些衣服已經很少再穿，甚至幾年未穿，佔用不少地方。衣服太多，每次出門找衣服、選衣服都要花費很多時間和精力，讓 Lara 覺得

自己的生活時間經常不夠用。她把那些不常穿的衣物捐贈、送人、丟棄後，不僅節省了空間還節省了找東西的時間。

再丟失效文件；工作時間一長，各種各樣的文件會擠滿文件夾和辦公桌，每次找文件都需要花很多時間。**工作時間被佔用，工作就會佔用你的生活時間。**再想想，其實有很多文件早已經失效了，可以一併處理掉。學會整理文件夾，還自己一個乾淨、整潔的辦公環境。

如何整理出一個「省時」的空間

• 使用收納箱和收納盒

僅僅是盡量減少生活中的無用物品，還不能確保生活環境整潔。生活中常用的、必須的物品如果不加以整理，生活空間依舊會很亂。使用收納箱和收納盒分類整理生活物品，是整理「省時」空間的好方法。

在這個方面，Lara很有經驗，Lara把生活物品分成藥品、化妝品、文具等類別，每個類別用一個收納箱整理在一起。這樣分類整理，無論是要用甚麼，都很快就可以找出來，節省了很多時間。

處理好你生活中的冗餘物品

凌亂的房間讓你處於一直找東西的狀態！

保持整齊會讓你更快找到東西！

- **將常用物品放在外層**

  在使用收納箱和收納盒的時候，雖說是同一類的物品放在一起，但即使是同一類物品，在放入收納箱的時候，最好是按照「常用物品放在外層」的原則來整理比較好。例如當季的衣服放在最外面，這樣就可以最大限度地減少尋找的時間。

職場筆記

　　每天花在做選擇上的時間愈多，就愈沒有自己的生活時間。減少選擇的苦惱，節省時間。把每天不多的一點生活時間，用在那些更加有意義的事情上，才是明智的生活態度。

LESSON 13

生活中的 隱藏書架

好好留心生活中的隱藏閱讀空間。

為了在上班之餘充實自己，打算看一些自己喜歡的書。但是我驚奇地發現自己根本沒有時間閱讀，一天下來回到家已身體疲憊，根本不能在書房靜下心來閱讀一會兒。

並不是規規矩矩坐在書桌前看書才算「看過」書，其實生活中有很多的「隱藏書架」。找出你生活中的這些書架，並加以利用，擴充知識的願望就會慢慢實現啦！

讀書本來是一件非常容易做到的事情，只需要滿足兩個主要條件，那就是時間和可閱讀的內容。**找個時間拿上一本喜歡的書，到任何地方都可以讀。**之所以覺得讀書難，是因為沒有發現生活中的一些「空間」也可以用來讀書，例如巴士上、睡床上，甚至是廁所裏，這些空間都是生活書架。所以從現在開始，停止抱怨沒有時間、空間，留心生活，利用空間，開啟你的閱讀模式吧。

交通工具是個移動書房

巴士和鐵路幾乎是我們每人每天都會用到的交通工具，選擇攜帶甚麼樣的讀物可以根據乘坐交通工具的時間來選擇。**如果乘坐的時間在 30 分鐘內，可以選擇當天的報紙雜誌，或便於攜帶的散文小書來閱讀，**或者用手機和平板電腦瀏覽相關新聞，最好是閱讀能「快速消化」的知識。如果乘坐時間在 1 個小時以上甚至好幾個小時，可考慮小說以及其他的閱讀層次高一些的書籍，因為這時候應有足夠的時間去消化這些知識了。

當然，我們完全可以根據自己的興趣選擇閱讀的類型。這樣就不用擔心自己沒有足夠的時間去閱讀，還可以緩解你上下班過程中的疲勞，不失為一舉兩得的好辦法。

床頭是個固定書架

如果你真的想在工作之餘找時間看書，床頭這個隱藏的書架一定要好好利用。在床頭放幾本或者至少一本計劃要看的書，每天入睡前放下手機，拿起書來看一看，這樣既可以增加自己的閱讀量，又能幫助睡眠。

這裏有 3 點小建議：

（1）睡前閱讀輕鬆的書籍，可以有效緩解工作的疲憊。

（2）你可以在床頭櫃，放置 5 至 6 本不同類型的書。

（3）盡量選擇柔和燈光，可以讓人更集中而且保護眼睛。

廁所是個隱秘書架

廁所是我們每天都會去的地方，它兼具空間小和雜音少兩個優點。這是一個絕對安靜的時間，很適合用來閱讀。在馬桶旁邊放一張小椅子，擺上幾本書，想要閱讀的話就可以直接拿來讀，這也是一個方便快捷的方法。但是並不推薦在如廁的時候長時間閱讀，如果有在如廁時閱讀的習慣請注意控制時間。

生活中的隱藏書架

⋮⋮ 手機是你的個人圖書館 ⋮⋮

手機已成為我們日常生活中不可或缺的「親密小伙伴」，用手機可以完成生活中的大部分事項：聊天、叫外賣及處理銀行賬戶等。可是，我們似乎忘記了手機還有一個功能，那就是「閱讀功能」。你可以開啟自己的手機圖書館，將自己感興趣的書都放進去，隨時隨地都可以利用碎片時間閱讀。

在手機 App Store 就可以下載相關閱讀軟件了！從現在開始，停止抱怨沒有時間、空間，把握時間，開啟你的閱讀模式，提高對生活時間的掌握力吧！

為計劃設置日程提醒

計劃常常會被遺忘，
有時需要提醒自己去執行。

博士，我對每天的工作都有計劃，但是真正忙起來後，本來計劃好的事情，不是被別的事情耽擱了，就是被忘記了。工作計劃很難完成，該怎麼辦才好？

如果擔心自己忘記工作計劃，可以設置日程提醒或手機鬧鐘，提醒自己執行工作計劃。

想要提高工作效率，養成制訂計劃的工作習慣只是第一步，我們還必須加強管理時間的技能。為工作設置日程提醒或鬧鐘提醒，確保自己的計劃可以嚴格執行。具體的做法有使用座枱月曆記錄提醒、設置手機日程鬧鐘及手帳提醒等。

座枱日曆記錄提醒

月曆是一個很重要的工作元素，它推動了我們工作的進度，也見證着我們的工作成果。座枱月曆是指放置在桌子上的月曆，座枱月曆的「橫空出世」為我們提供了很大的便利，將座枱月曆放在辦公桌上翻閱起來很方便，而且位置很醒目，我們還可以突出標記重要的日期，起到提醒的作用。

對於 Oliver 來說，如果是一個比較長時間的工作規劃，Oliver 會在座枱月曆上標記，使其時間線能夠一目了然，並起到提醒自己的作用。

手機日程鬧鐘提醒

對於執行日期較遠一點的工作規劃，可以在手機月曆設置日期提醒，具體的做法是當你制訂好工作規劃後，把你的計劃日期同步到手機月曆功能軟件上，然後設置定期提醒就可以了。

而針對即時的工作計劃，例如當天的工作，我們可以設置鬧鐘提醒。在手機設置日期鬧鐘，可以幫助我們按時執行工作計劃，是一種十分常見的時間管理方法，可以防止我們遺忘某些工作，也可以提醒我們準備迎接下一項新的工作。

工作手帳提醒

使用工作手帳提醒自己執行工作計劃，仍然是最為普遍的方法。運用工作手帳，把每日的工作清晰地寫在手帳上，設置好各項工作的執行時間，然後查看手帳，時刻提醒自己去執行工作計劃。

Oliver 除了利用座枱月曆來制訂工作計劃並且提醒自己落實外，手帳也是他堅持使用的工具。在座枱月曆上不能詳細記錄每一天的工作，但是他可以用手帳詳細記錄每天的工作，並且通過查看手帳來提高每天的計劃實施效率。

為計劃設置日程提醒

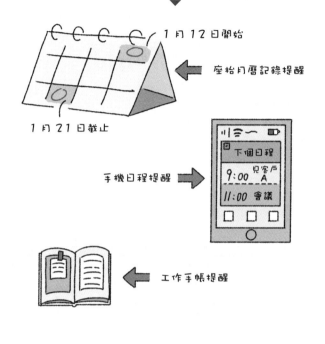

1月12日開始

座枱月曆記錄提醒

1月21日截止

手機日程提醒

工作手帳提醒

職場筆記

　　工作計劃只是第一步，如何保證計劃嚴格執行、發揮出計劃的真正作用才是最重要的。為工作計劃設置日期、鬧鐘等，可加強自己掌握時間的技能，從而確保有效執行計劃。

愛煮飯的人往往
更會安排時間

愛煮飯的人在工作中可能有更好的
時間統籌能力。

博士，上次有位大客戶邀請我去他家吃飯，整個烹調過程都是他一手掌控，而且廚藝也令我大開眼界。原來他們這種在事業上很成功的人，在生活上還能煮得一手好菜，真好奇他們是怎樣做到的。

事實上愛烹飪的人在安排時間上往往都有特殊的技巧。烹調的各個環節和時間管理技能有着密切的聯繫，這也可以間接說明這位客戶為甚麼事業這麼成功了。

在職人士大多不會自己下廚？一來工作實在太忙碌，一日三餐都是馬馬虎虎應付一下；二來覺得下廚會浪費時間。其實恰恰相反，一個經常下廚的人往往是一個擅長安排自己時間的人。

經常下廚的人都知道，做一頓飯並不是燒一壺開水泡一包公仔麵就可以。一般包括買菜、洗菜、切菜、炒菜等幾個環節，就以要做一頓三菜一湯的飯為例，煮湯的同時你需要為下一道菜洗菜、削皮、切菜，同時還要開電飯煲煮飯，另外可能還要準備飲品。這些事，都要一個人單獨控制並且同時進行，這期間就考驗我們的統籌應變能力和把控時間的能力。

運用 PDCA 自行試錯（味道鹹淡調節）

PDCA 指的是 PDCA 循環，它將工作質量管理分為四個階段：計劃（Plan）、執行（Do）、檢查（Check）、處理（Action）。在質量管理中，要求把各項工作按照開始計劃、實施計劃、檢查實施效果、處理效果（將成功的納入標準，不成功的留待下一循環去解決）四個環節去進行。工作中運用 PDCA 循環方法可以自行檢測工作計劃是否正確。

烹調時對味道的調節也有四個環節，分別是估計調味料用量（Plan，計劃）、加調味料（Do，執行）、試味（Check，檢查）、味道調節到合適（Action，處理）。

能根據期限反推（燉湯時切菜去皮）

我們現在不妨來做一個時間掌握能力小測試：假設你現在需要準備三菜一湯，其中湯需要煮 20 分鐘才煮好。那麼，在這期間你會做甚麼呢？

A. 休息一會兒等待湯燉好；

B. 準備其餘的材料。

其實答案是顯而易見的，也許你不會煮飯，甚至連廚房都沒進過，但是從上述的例子中可以看到，同一時間根據事件性質組合處理，會更有效率。一個能掌握好時間的人，可以煮飯、洗菜、熬湯、切肉同時進行，即統籌全局之後根據期限反推，花同樣的時間完成更多事項。

事情再小也不拖延（吃完飯及時洗碗）

大多數人看到凌亂的餐桌都想着把餐具扔到洗碗池，明天再洗。這些瑣碎的小事是造成人們拖延的主要原因，越來越多的雜務堆積起來，往往令人失去對時間的把控能力。**最佳的做法應該是及時處理雜務，養成好的習慣，才能提高對時間的掌握能力。**

在工作中，很多人都有或輕或重的拖延症，「這件事不著急，明天再做也不遲」、「這個問題以後再解決吧」。這樣今天推明天，明天推後天，最後也沒能處理好。原本有充裕的時間處理好事務，最後卻只能潦草交差。

其實我們可以把烹調的環節當成我們練習時間把控能力的機會，通過多次練習，在規劃時間使用時才能更靈活多變、輕鬆高效。

烹調時的 PDCA 環節

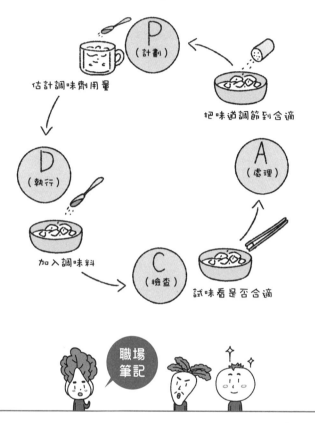

P（計劃）
估計調味劑用量

把味道調節到合適

D（執行）
加入調味料

A（處理）

C（檢查）
試味看是否合適

職場筆記

愛烹調的人可以從一遍又一遍的廚房活動，養成控制時間、安排時間、協調時間和統籌時間的能力，這些能力在工作中同樣發揮作用。所以，千萬不要以為烹飪只是一件會花費時間的事情哦！

四象限法則

掌握生活時間
從分清生活事項的緩急輕重開始。

生活中有時候會遇到很多事情碰到一起的情況，處理起來容易讓人方寸大亂。如果你想要對自己的時間擁有絕對的掌控權，那麼你就**必須學會分清事情的緩急輕重。**

甚麼是四象限法則

美國管理學家柯維提出了著名的「四象限法則」，按緩急輕重程度，把事情分為以下四種。

- **既緊急又重要**

  這個象限包含的是一些緊急且重要的事情。這一類的事情具有時間上的緊迫性和影響力上的重要性，無法迴避也不能拖延，必須予以優先解決。工作上，它多出現在重要的工作會議等；生活中多為生病就醫等。

- **重要但不緊急**

  這一象限的事件不具有時間上的緊迫性，但是，它對我們具有重大的影響，對於個人或者企業的生存和發展都具有重大的意義，例如婚姻規劃、工作規劃等。生活和工作中諸如此類的事情還有很多，對此類事情，我們要制訂好計劃，多花時間和精力在上面。

- **緊急但不重要**

  這一象限的事情看起來很緊急但其實並不重要，因此這一象限的事件具有很大的欺騙性。很多人在認知上，會認為緊急的事情都是重要的；而實際上，像無關重要的電話、附和別人期望的事、打麻將三缺一等事件都並不重要。這些不重要的事件往往因為它緊急，就會佔據人們很多寶貴時間。

- **既不緊急也不重要**

  這一象限的事件大多是些瑣碎的雜事，沒有時間的緊迫性，沒有任何重要性，這種事件與時間的結合純粹是在浪費時間，不宜被當成花費時間的主體。例如發呆、上網娛樂、閑聊、逛街，這些事情可以在絕對的閑暇時間裏做。

四象限法則

四象限法則的運用

　　每個人的生活都充斥着各種各樣的事情，處理得好不好，大大影響生活質量。「四象限法則」是有效提高生活質量的可行之法。那麼，該怎麼具體運用「四象限法則」呢？我們來看一下 Lara 是如何分類生活中的事項。

Lara 最近在生活上有幾件事情要處理：去南美旅遊一次、和朋友吃飯、去醫院檢查身體、每週一次跑步、部門會議、三天後參加朋友婚禮及偶爾逛逛街等。為了讓事情得到合理的解決，她運用四象限法這樣分類：

既緊急又重要：去醫院檢查身體、三天後參加朋友婚禮；

重要但不緊急：去南美旅遊一次、每週一次跑步；

緊急但不重要：部門會議；

既不緊急也不重要：和朋友吃飯、偶爾逛逛街。

通過四象限法則分類，Lara 把讓她焦慮的一件件的事情「放置」在各個象限裏，各個事項得到有效的處理，而且生活變得更加井然有序，更提高了自己對時間的掌握能力。其實四象限法則不僅可以運用在我們的生活中，在工作當中也同樣適用。

課 後 作 業

基本

把凌亂的房間整理乾淨，騰出更多的生活空間給自己吧！

活用

為近期的生活計劃設置日程提醒了嗎？如果日常事務太多，別忘了運用四象限法則哦！

第4章

帶你走出
時間管理的誤區

時間管理有許多陷阱，應該果斷地跳過
這些陷阱！時間上的「完美主義」，以
及忽略事後總結，都是容易掉進去的陷
阱，我們先要了解進而盡量避免，才能
更好地時間掌握時間！

LESSON

16

不要完美主義

工作中浪費時間的兩大元凶是
拖延症和完美主義！

?

博士，我是處女座，有完美主義情結。上司交代的工作我總想要做到最好才提交，結果超出了規定的工作期限。難道想完美地完成一項工作就這麼困難嗎？

工作中的事情，特別是上司直接交代的事情，我們都想一次做到最好，但是這種追求完美主義的做法，很容易耽擱時間，嚴重影響工作進度。

!

身在職場，都會接到上司直接委派的工作，例如上司讓你寫一個製作方案。職場新人們如果執意追求完美主義，很容易出現的情況是，想一次就交出最好的方案，到了截止日期那一天才交到上司手上；結果上司並不滿意，但你已經沒有時間調整了。

上司親自交代的事情該怎麼處理？最明智的做法是，**接到工作後先確認期限和目的，在大概完成 50% 的時候給上司審閱一下，再根據上司的意見逐步改成上司滿意的方案。**按這樣的步驟去執行才是最保險的做法。

接到工作後確認期限和目的

特別是職場新人，總會盡量避免和上司打交道；不會主動找上司談話，就連上班路上遇到也會盡量避開。所以接到上司親自委派的工作的時候也是這樣，工作有不清楚的地方就獨自煩惱，不願去和上司確認清楚。或者到了最後關頭，實在沒有辦法了才選擇找上司問清楚。

客服部的 Lara 就有過這樣的經歷。剛進公司時的 Lara 有點害怕接觸上司，平時有甚麼問題也不會主動找上司求教。進入公司沒多久後，Lara 就接到要寫一份客戶反饋總結報告書的工作。但是上司委派工作時，沒有說明截止日期和總結報告的

目的，Lara 也沒有及時向上司問清楚。過了兩三天 Lara 才跑去問，原來上司忘記説是有關訂購番茄的客戶反饋報告書，結果她出的是白菜的客戶反饋報告書。於是，她又熬夜趕出了番茄的客戶反饋報告書。

在工作上逃避和上司打交道的做法非常不可取。上司都希望自己帶的人成熟、穩重而且善於溝通，而不是一個做事情畏畏縮縮的人。所以，接到上司委派的工作後，第一件事不是感到緊張，而是想盡辦法當面確認工作內容，例如期限、目的等。不管上司多忙，也一定不會因為你這樣做而開除你。但是如果你在不清不楚的情況下去做，最後才發現根本不符合要求，甚至耽誤了大事，那樣的話肯定會在上司心中留下不好的印象。

完成 50% 的時候就送上司審閱

完美主義者對待上司交代的事情，都是一心想要做到最好再提交，並渴望得到肯定。其實這樣做不好，聰明的職場人都不會等到把事情做到最後才提交，而是做到一半的時候就交上去讓上司審閱了。

一個月後，公司到了要收購蔬菜的時期，上司要 Oliver 一個星期內出收購計劃書。到了第四天的時候，Oliver 就把計劃

書送到了上司手上。上司對於 Oliver 的計劃書給出了一些客觀的建議和看法，得到上司的反饋後，Oliver 作了及時的修改，在截止日期的前一天交給上司，然後就順利地通過了。簡而言之，我們愈早知道上司的意見，愈有利於做好上司交辦的工作。

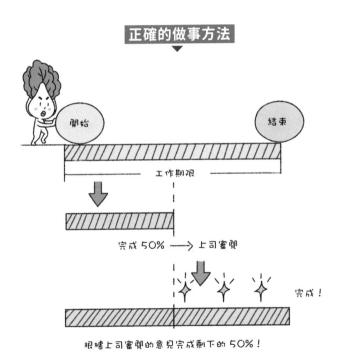

正確的做事方法

工作期限

完成 50% ⟶ 上司審閱

完成！

根據上司審閱的意見完成剩下的 50%！

根據上司意見逐步改成目標狀態

把完成 50% 的工作交給上司過目，徵求意見。得到上司的意見後，後續的工作就會變得容易得多。只需要根據意見逐步修改整理，直至符合所有要求的目標狀態即可。另外，如果此時發現大問題，也可盡早挽回並解決，節省了時間，不至於到截止日期前再推倒重來。這樣一來，上司也會認為你做事效率高，只用了一半的時間；另外，上司也會認可你做事穩重的風格。

工作中幾乎沒有甚麼事情是可以做一次就完成的，特別是上司交代的一些事情，總要經過一番調整才會有結果。我們也要避免「我要一次做到完美」的想法，在不斷修正中，我們才能獲得工作經驗。

職場
筆記

工作中，我們都想把事情做到最好。但是一定要記住，完美主義是一個容易掉進去的時間管理陷阱。要接受不完美，靈活對待工作中的變數，出現問題及時修整，避免徒勞無功的事情發生。

LESSON

17

用 WhatsApp
不如打電話

打電話溝通會比用 WhatsApp
溝通更加有效。

博士，我習慣用 WhatsApp 和客戶溝通，最
近項目越來越多，常常因為溝通不及時，項
目很難推進，該怎麼辦？

通過聊天軟件或手機短信的方式和客戶溝
通，可能導致工作推進緩慢。直接電話溝通
的效率會比發訊息高效得多。

現在工作中很多時都是透過聊天軟件溝通，無論是介紹產品、洽談合作、推進項目等，很多人覺得這種交流方式更方便、及時而且高效。

事實上，以聊天軟件和發訊息的方式交流工作，並不如想象中高效，反而會不利於工作進度的推進。工作中「在嗎？」「看到消息了嗎？」這樣無休止的訊息循環，很容易形成拖拖拉拉的工作習慣；另外，如果對方沒有及時看到訊息並回覆，你就很容易將這項工作擱置，進而造成進度拖延。

比起反覆發訊息處理公事，打電話才是最直接、高效的溝通方式，因為發訊息辦公存在着諸多不可避免的弊端。

打字速度一般的情況下費時

用聊天軟件發訊息處理公事的弊端之一，就是需要花費大量時間在打字上。雙方互發訊息的過程中，只要有一方的打字速度跟不上，就會消耗雙方大量的時間，造成一方失誤、雙方損失的情況。**特別是拓展業務渠道這類的工作，合作對象是沒有選擇性的，各種年齡、性別的都可能有。**而有一個普遍的現象是：年齡高的人群，打字速度多數一般；如果用聊天軟件發訊息的方式溝通，勢必會效率低下。所以，遇到這種情況，最好的方式就是用電話溝通。

純文字溝通很容易造成誤解

文字是一種充滿變化的溝通工具，相同的文字內容，可能有不同的意思，可以有多種理解，甚至出現完全相反的理解都不奇怪。**另外，由於人們的地域、習俗千差萬別，對相同的文字內容的理解也可能全然不同。**所以，用聊天軟件發訊息進行工作交流容易造成誤解。而誤解會讓彼此之間的交流無法順利進行，從而無法達到溝通工作的目的，影響工作的正常進展，甚至會導致合作的徹底失敗，為雙方帶來經濟損失。

Oliver 在和客戶 G 合作時，雙方通過短訊約好第二天下午 3 時在倉庫門口交貨。結果第二天，雙方都在各自的倉庫前等了很長時間也不見對方出現。最後才弄清楚，原來 Oliver 說的是在自己公司的倉庫，客戶 G 理解成在他自己的倉庫，結果不僅耽誤了一些時間，還給客戶留下了不好的印象。這件事情告訴我們，一定要將事情的各方面內容都了解清楚，避免這種低級錯誤出現。

對方回訊不及時容易影響下一件事情

　　回覆不及時也是一大弊端。在實際的工作當中，無論是老闆還是員工，無論是業務員還是採購員，每天要處理的事務都有很多，要溝通的人也很多，無論是你發訊息找客戶，還是客戶發訊息找你，對方都有可能正忙於處理各種事情，未及看到訊息，不能及時回覆，這就很有可能影響你的下一項工作。

　　在工作中，完整傳達訊息是我們工作順利進行的基礎。所以，我們應該盡可能地用效率更高的方式溝通，避免不必要的合作損失。

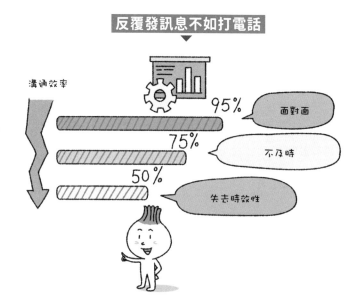

反覆發訊息不如打電話

溝通效率

95% 面對面

75% 不及時

50% 失去時效性

職場
筆記

　　聊天軟件是工作中經常用到的溝通方式，但要清楚地認識到其局限。工作上的溝通最好是以電話為主，文字為輔。養成直接打電話溝通工作的習慣，是節約時間的好辦法。

成功者並非不做雜務

處理好工作雜務是成功者
必備的能力之一

博士，客服部有很多雜務要做，感覺拉低了整體的工作效率。如果可以不做雜務，我的業績起碼翻一倍。感覺雜務太多也是工作中的一大難題。

工作中想要不做雜務是不可能的，因為雜務本來就是工作中不可分割的一部分。但是千萬不要讓雜務堆積，雜務積少成多只會讓大腦的負擔越來越重。

我們無論處於甚麼崗位，每天的工作都伴隨許多工作雜務。有些人可能覺得成功者可以不做雜務，但事實並非如此。世界上沒有一項工作是沒有雜務的，例如開會之前會議室的布置等工作。

關於工作雜務，不應該想着如何排除，而是要想辦法合理地處理，要處理工作雜務就要先充分認識工作雜務。

忽視工作雜務的負面影響

工作雜務屬於附屬工作，也不會對你的主要工作產生重大的影響，但這並不代表你可以忽視工作雜務的存在，**忽視工作雜務會為你帶來諸多負面的影響**。例如，不處理工作雜務會增加工作過程的大腦壓力，分散注意力，影響工作質量和效率。而對於雜務不屑一顧的人，很容易在大任降臨時滿是負擔，面對重要工作時不能心無旁騖地全力處理。

此外，工作雜務每天都會產生，但不會因為得不到處理而消失。它會隨着時間一天天過去，愈積愈多，也會對你的工作造成越來越嚴重的困擾。

工作雜務的類型

不同的工作崗位有不同的工作內容，具體的工作雜務也會有所差異。但是，雜務的類型往往大致相同。工作雜務的類型主要有以下幾種：

- 工作環境清潔整理類，如整理辦公桌等。
- 會議資料準備與整理類，如會議內容筆記的整理、電子存檔等。
- 客戶資料更新整理類，如新增客戶需要整理和存檔等。
- 文件整理歸檔類等。
- 臨時事務類，如客戶臨時來訪要接待、臨時召開某些會議等。

正確處理雜務的方法

雖說工作雜務一般是工作以外的瑣碎事情，卻也是無法忽視的，應該採用正確的方法來處理。

- **碎片時間處理法：**工作雜務可以利用前文介紹的碎片時間來處理，這樣既可以有效利用碎片時間，又能處理雜事，一舉兩得。
- **整合集中處理法：**工作雜務一般都是一些瑣碎的事情，

重複性較高，可以採取整合處理的方法。把一部分雜務整理好統一處理，避免反反覆覆在同一件小事上花費太多時間。

客服部的 Lara 就利用碎片時間處理雜務，在完成一項工作後的幾分鐘閑暇時間整理辦公桌，保證自己有一個愉快的環境。另外，對於每天的文檔歸類、客戶資料和項目進度更新等瑣碎事，Lara 用整合集中處理的方法，把這些事情全部集中起來，每天下班前半小時就處理好，**這樣可以避免在一天的工作中，因為頻繁處理這些事情而浪費大量的時間和精力。**Lara 因為運用了正確的方法，把每天的瑣碎事務都處理得很好，工作效率提高了不少。

雜務愈積愈多會變成負擔

職場
筆記

　　工作雜務與主要工作同時存在，成功者並非不做雜務，而是他們擅長處理好各種雜務，不被雜務纏身。能夠巧妙處理雜務是掌握時間技能的一種，是時間管理的一個重要範疇。

LESSON
19

缺乏溝通也會
導致時間浪費

工作中要時刻與他人保持良好的溝通。

?

博士，在工作中，除自己對時間管理不當會造成時間浪費之外，還有甚麼其他因素呢？

千萬不要以為，只要管理好自己的時間就不會造成浪費，因為評價工作完成度的往往不是我們，而是客戶或者上司；所以工作時缺乏溝通也會導致時間浪費。

!

我們在工作中時常遇到需要與他人溝通的情況。與客戶溝通，與上司溝通，甚至是與同事溝通。缺乏溝通或者溝通不當，都會浪費工作時間。因為缺乏溝通導致的時間浪費有以下幾種可能性：

與客戶之間缺乏溝通

（1）**缺乏溝通容易導致理解誤差，如果不能及時修正，就會浪費時間。**蔬菜公司市場部的 Oliver 和客戶 K 有一個合作項目，客戶 K 要買 500 斤白菜。雙方談好後，Oliver 就開始着手備貨。在備貨的過程中，Oliver 發現存貨有大白菜和小白菜，Oliver 憑以往的經驗，在沒有和客戶溝通的情況下備好了 500 斤大白菜的貨。然而在發訊息告知客戶 K 時，卻被告知對方想要的是小白菜。沒有辦法，Oliver 只好重新再準備小白菜的貨，白白浪費了之前三天的時間。

（2）**溝通不及時，無法推進項目導致時間浪費。**在實際工作中的很多情況下，我們都要及時和客戶溝通，按照客戶的要求去執行項目。並且大多數情況下，合作一個項目，都是需要分成數個階段來完成，每個階段的要求時刻在變化。溝通不及時，就不能知道客戶的最新想法，項目就只能停滯不前，消耗大家更多的時間。

與上司之間缺乏溝通

工作上碰到問題是常有的事，這會導致我們的工作效率暫時降低。特別是初入職場的新人，可能遇到的問題更多。若不及時和上司溝通，不但問題解決不了，還會浪費大量的時間。

例如同一時間進入公司市場部的 Oliver 和客服部的 Lara。雖然兩人在不同的部門工作，但工作都需要很強的溝通能力。某天，兩人都遇到了在開拓客戶時，如何與客戶有效溝通的問題。Oliver 馬上就自己找上司了解，得到了上司的經驗分享和指導，在極短的時間裏克服了與客戶溝通不見成效的困境。但是 Lara 由於性格比較內向，沒有及時與上司溝通尋求幫助，嚴重影響了自己的工作效率，浪費了大量時間。

與同事之間缺乏溝通

同事之間建立和諧的關係，保持良好的溝通，會讓我們對工作充滿激情，提高工作效率。同事之間缺乏溝通會浪費時間，Lara 也深有體會。

Lara 剛入職那段時間不怎麼和同事溝通，在很多事情上浪費不少時間。例如在寫銷售策劃書這件事上，因為剛進公司，沒有寫過銷售計劃書，也沒有和同事溝通過寫銷售策劃書

的注意事項，Lara 自己花了一個星期才寫出一份，結果還是未能通過。最後在有經驗的同事的指導下，花了一天時間重寫了一份，才順利通過。

無論你從事的是甚麼樣的工作，都會有比你有經驗的同事。有些問題自己可能花費大量的時間都處理不好，但若是和有經驗的同事溝通一下，你會發現，可以用更少時間完成。所以說，同事間很有必要保持好的溝通，缺乏溝通很有可能會導致你的時間被浪費。

缺乏溝通導致時間浪費

▼

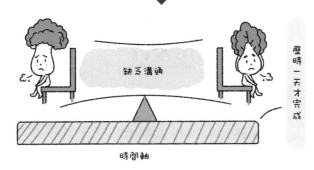

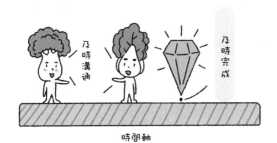

職場
筆記

　　溝通是工作中不可或缺的事情，無論是與客戶還是同事之間，都需要有良好的溝通關係。這樣可以讓我們順利進行各項工作。

TIPS!

總結時間管理的成效

時間管理和規劃中
不要忽略了總結。

工作中進行時間管理，不僅要對未來有所規劃，更要總結過去的時間管理。職場中，效率源於經驗，而經驗來自對過去實踐的總結。

以總結改善規劃，形成良性循環

時間管理的目的在於增強對時間的有效利用，提高工作效率。但是時間管理並非一件容易的事，時間管理達人的養成並非一朝一夕，而是需要一段長時間的實踐和總結。總結時間管理的成效有以下好處：

（1）**便於對比時間管理前和時間管理後，工作效率的變化情況。**例如在工作量相同的情況下，時間管理前要加班才能做

完，時間管理之後能在下班前 2 小時完成。這樣的總結對自己有激勵作用。

（2）及時發現時間管理中的不足，提高時間管理能力。並不是每個計劃都能做到得心應手，甚至有些人在剛剛開始時，會覺得很難按計劃行事。那是因為時間管理存在可執行性不高的缺點，通過總結時間管理成效，可以不斷完善這些不足。

怎樣去總結時間管理的成效？

（1）定期總結。確定好每隔多久就總結一次。例如市場部的 Oliver 自從開始時間管理後，以一個月的時間為總結週期，對自己的時間管理效果作一次總結。

身為業務員，Oliver 每週的工作都差不多，他每天的工作安排也差別不大。經過第一個月的時間管理後，Oliver 對比了工作安排幾乎相同的 4 週的工作，發現前兩週都需要加班才完成工作，後面兩週則不需要加班就完成了。在此次總結中，Oliver 特意找出了一些難以實施的工作安排，並進行了調整；時間管理確實提高了時間效用。

（2）事項總結。事項總結不需要經過較長的時間段，可以隨時就同一事項作比較總結，查看自己的時間管理是否有成效。在哪些事情上成效明顯，哪些事情上成效不大。

與 Oliver 不同，Lara 則喜歡用事項總結的方法總結。Lara 對各個客戶的意見反饋作分析總結，進行時間管理前，Lara 寫一份客戶反饋報告需要 5 個小時；時間管理一段時間後，只需要 3 個小時就可以完成。由此可知，時間管理對加快撰寫客戶反饋報告很有成效，要堅持下去。**除此之外，Lara 還總結了時間管理對每週例會的成效**，發現時間管理前後的時間花費並沒有甚麼變化。由此可知，時間管理對縮短例會所需時間的成效不大。

　　無論是定期總結還是事項總結，目的都是檢驗時間管理為我們的工作帶來了甚麼樣的變化，發現我們在時間管理中做得好與不好的地方。這樣做最終的目的，當然是要提高對時間的有效利用和工作效率。

總結時間管理成效

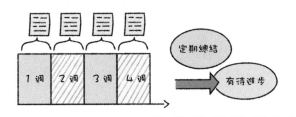

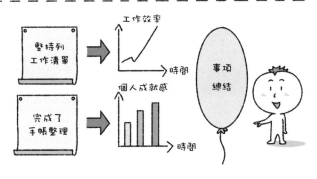

課後作業

基本

想要把一件事情做完美，就要避免個人完美主義！

活用

不要忘記，每隔一段時間就要為自己做一次時間管理成果的總結！

第 **5** 章

時間的好伙伴 ——手帳

掌控時間的完美拍檔——手帳的使用小技巧！手帳就像是一件幫助你掌握時間的武器，款式各種各樣，使用方法也風格迥異。掌握使用手帳的小訣竅，讓這個小小的武器為你發揮最大的作用吧！

熟悉手帳

<blockquote>
學習巧用手帳之前,先來了解一下
這個具有潛力的小伙伴吧!
</blockquote>

博士,最近好像很流行手帳,我是不是也應該買一本手帳來管理時間呢?

手帳是管理時間的好伙伴,很多人都有自己的手帳,但不見得每個人都能用得好。想要充分發揮出手帳的作用,我們先來了解一下甚麼是手帳吧。

⠿認識手帳⠿

　　手帳是甚麼？手帳是一種把你所經歷的或即將經歷的生活，有規劃地記錄下來的工具。從職能上看，手帳可以管理行程、記錄行動、記事備忘和做筆記等，在生活、工作、學習等領域都可以發揮作用。從時間管理的角度來看，手帳可以幫助我們規劃及執行短期計劃和長期目標。

　　很多人對手帳的理解不夠全面，認為它只是一件提醒的工具。其實不然，手帳不同於普通的記事本，它並不是本簡單的備忘錄。**更重要的是，它可以協助我們更有條理、更有效率地計劃和安排每天的工作和生活。**甚至可以說，手帳起着督促我們的作用。如果我們看到手帳上昨天的日期欄是空白的，自然也會問時間去了哪裏，以及如何實現自己在手帳上寫下的目標？

　　所以，無論是在工作還是生活中，堅持使用手帳、習慣使用手帳、熟練使用手帳，將會有助你掌握珍貴的時間。

⠿使用手帳的好處⠿

　　本章主要介紹如何巧用手帳來管理工作與生活中的時間。但在開始之前，我們有必要先了解一下手帳在時間管理中能夠起到的作用。

- **掌握時間從而節省時間**

    在手帳條理清晰地寫出工作計劃、日程安排，可以讓自己有一個清晰的做事方向，避免在工作中糾結於做事的順序而導致手忙腳亂；通過合理安排每天的時間，達到節省時間的目的。

- **記錄重點、明確工作**

    在工作與生活中，我們會遇到各種各樣的事情，有些事項緊急，有些並不重要。一一記錄在手帳中，就能夠使不同緊急程度一目了然；久而久之在安排時間的過程

使用手帳的好處

2 分鐘　5 分鐘　2 小時

up

效率＋經驗值

中，就能做到明確重點、更有效使用時間。不僅是記錄事項的緊急程度，工作中的重點也可以隨時記錄在手帳上。例如會議的重點、項目的重點等等。每次都記錄下來，翻閱對比時，也就能夠更快地梳理工作的重點。

- **提升效率**

通過用手帳記錄計劃與行程，你的碎片時間能夠得到安排，每天的效率自然也會提高。

- **積累各種經驗**

在職場中，工作經驗的重要性不言而喻：對個人而言，工作經驗是獲得理想薪酬的重要前提；對公司而言，工作經驗是衡量員工能力的常用標準。

在工作中使用手帳記錄你對各項事務的處理情況，分配的時間就會成為衡量經驗的標尺，而手帳就會變成你的經驗庫！

小小的手帳是管理時間的強大伙伴，它可以幫你分配和具體化抽象的時間。一旦靈活掌握技巧，不僅可以把控自己的時間和效率，還可以把握他人的時間。

如何選購
合適的手帳

避免空泛與局限，
讓計劃更加行之有效。

博士，我看到 Lara 用手帳將工作安排得井
井有條，我也想使用手帳管理自己的時間。
但是市面上的手帳類型太多，我不知道如何
選擇適合自己的手帳。您能建議一下嗎？

手帳有很多種，對於初次使用手帳的新手而
言，時間劃分太粗略或過於精細的手帳，都
難以起到充分管理時間的作用。我們具體來
看看如何選擇合適的手帳吧！

一本合理的手帳，會像工作與生活中的助手一樣得力。在此之前，我們需要選擇適合自己的「小伙伴」。市面上的手帳種類繁多，使用方式也不同，合適的選擇很重要。

如何選擇手帳

首先，你需要明確自己使用手帳的目的。例如你最想利用手帳管理甚麼——項目進度、客戶資料，還是職業規劃？

此外，**可以根據自己的職業性質與生活習慣來選擇。**如果需要經常出差或執行外勤，可以選擇小巧、易於攜帶，甚至可以放入衣服口袋的手帳；如果是經常在辦公室或其他固定地點工作，或者需要隨手記錄設計靈感的情況，可以選擇較大的、看起來更有助思路的手帳。

手帳的尺寸有不同，款式也有裝訂與活頁之分。內頁的設計則有更多種類：空白的、方格的、橫線的……哪一種更符合你的使用習慣，也是你要先確定的事情。

我們在商店中選擇手帳時，建議盡量滿足以下三點要求：

（1）有以每月顯示的方格月曆。

（2）有每週的時間表，具體劃分到每一天，並有空白欄用於記錄。

（3）月份之間有足夠的記錄用紙，即空白的備忘錄頁面。

⋮利於規劃的設計⋮

　　手帳的主要功能是幫助我們安排日常工作，有效利用時間。從設計上來看，既有以大的時間塊劃分的手帳，例如「年計劃」、「月計劃」；也有以小時間塊為單位的手帳，例如「週計劃」、「日計劃」的手帳。大時間塊有利於訂立目標、規劃進度；小時間塊則有利於計劃安排、記錄結果。因此，兩者功能適當兼具的手帳，在時間管理上更為有效。

- **方格月曆，進度規劃一目了然**

　　方格月曆，作用就像我們平常使用的座枱月曆一樣，可用於標記重要的日期，把握當月整體時間，做出進度規劃與階段安排。哪一天需要洽談，哪一天需要提交發表文稿，哪一天是項目的截止期限；第一週需要完成策劃，第二週必須提出完整方案……這些都可以標記在相應月份的方格月曆中，翻閱起來一目了然，起到提醒與敦促自己的作用。

- **每週的時間表，避免時間悄悄流失**

　　除了月計劃，手帳中每週的時間表也是非常必要的。週計劃表需要具體劃分到每一天，並留有足夠的空白欄用於記錄當天的事項。月計劃的大項目此時便可以細化到每一天，例如第一週的星期一，為策劃擬出大體框架，

如何選擇合適的手帳

以及着手查詢與搜集相關資料；星期二下午有洽談，上午需要整理好所有資料⋯⋯這些工作更可以分配到具體的時間段。如此一來，連碎片時間也無處可逃，被自己掌握在手；自己每天的成長也就一點一滴記錄下來。

- **空白的備忘錄頁面，記錄靈感與總結必不可少**

   具有以上兩項功能的手帳，還不能說是非常理想的手帳。每月時間表之後空白的備忘錄頁面也有不可或缺的作用。一個月過去後，自己的收穫與經驗總結都可以寫在備忘錄頁面上。

   看似每天重複的工作，在經驗的總結中可以不斷被檢視與進步，自己的效率自然也會提高。此外，靈感忽然降臨時，也可以在備忘錄頁面及時記錄下來，為以後的工作提供素材。可以說，空白的備忘錄頁面也有助於思路的開拓。

   總之，我們可以根據自己的記錄習慣來選擇合適的手帳類型，**確定好要記錄的內容及風格後，總有一款手帳適合你！**

職場
筆記

   通過選擇設計合理的手帳，可以讓我們在安排時間時更有條理，既不會由於手帳太粗略而計劃空泛，也不會因為過於細碎而局限思維。大家都預備好手帳後，我們將進一步討論如何巧用手帳！

LESSON 22

如何更好地使用手帳

結合小道具，
不拘一格地活用各種記錄方式吧！

博士，我現在已經開始使用手帳了！是不是只需要把當天要做的事情，填入每日空白欄就可以呢？

如果只是單純地填入每日事項，並不能將手帳的作用最大化。掌握幾種記錄工作及安排時間的小技巧，靈活地運用到你的手帳中去吧！

手帳的記錄方法

日常生活中的小事與隨筆，在記錄時可以根據自己的心情隨時變換花樣。但工作上的紀錄，很多時候就必須嚴肅對待了。如何做到有條不紊地使用自己的工作手帳，切實提高效率呢？這裏我們介紹 5 個小錦囊。

（1）一日一頁記錄法

如果你的手帳沒有劃分每週時間表，那麼你可以試一試這個方法。把每天的工作用盡量精簡的文字，全部羅列在一頁紙上，就是一日一頁記錄法。這種記錄方法的特點是快速簡潔，羅列的工作每完成一項就打一個勾。一日一頁記錄法比較適合對自己的工作內容非常熟悉的職場人士。

（2）二分欄記錄法

每天會有不同的工作要完成，在處理不同的工作內容時需要注意的事項、對應採取的方法、期望的最終目的等等也會不一樣。把每天的工作和工作目的分成兩個欄目，就是二分欄目記錄法。這個方法的重點在於可以提醒自己更加明確目的，從而提升效率。例如 Oliver 今天要和客戶 D 見面商談合作事宜，按照「工作＋目的」的方式，在手帳記錄的內容如下：

工作：與客戶 D 見面；

目的：爭取以 ×× 條件把合約簽下來。

（3）三行記錄法

每一項工作都應該經過「行動」、「結果」、「改善」三個步驟，三行記錄法是在一天的工作後，對各項工作的執行情況總結與記錄，是比較實用的方法。這種方法能夠幫助自己掌握事務的進展狀況，發掘需要改善的地方，最終在處事上有所成長。例如，新業務員 Oliver 回顧自己一天的工作：

行動：打了一天的陌生客戶電話；

結果：未能成功開發到新客戶；

改善：急需增加業務溝通技能，熟悉公司產品。

三行記錄法適用於性質複雜及難度高的事情。

手帳的記錄方法

▼

二分欄記錄法

工作
工作目的
1、——
2、——
3、——

一日一頁記錄法

三行記錄法

行動 ——
成果 ——
改善 ——

根據事件性質採取不同的記錄方法。

（4）計劃時間留餘地

在為各項工作分配執行時間的時候，可以把事項對應的準備時間也記入手帳。例如擬定一份收購合約需要 30 分鐘，在開始擬定合約前需要 10 分鐘整理資料，那麼這 10 分鐘的準備時間也可以記入手帳。如此可以避免手忙腳亂，打亂時間計劃。

（5）備注工作進程及時間

很多人習慣只把當天的工作記入手帳，對於之前的階段性工作結果，則很少再回顧總結。而實際上很多工作都不是一天就能做完的，往往需要分階段來完成，例如一個合作項目，從交涉到簽合約，中間包括寫方案、做企劃等步驟。

一個星期前寫了方案，兩天前出了企劃書，今天計劃簽合約，那麼在今天的手帳欄記入「簽合約」的事項時，最好同時備注工作所處的進程階段以及前項步驟完成的時間。這樣可以讓你在最短的時間了解事情的緊急程度，掌握全盤進度，並有利於總結經驗、改善程序。手帳也由此發揮出它的時間跟蹤功能。

便條小小作用大大

便條是一種使用頻率很高的文具，我們常常把緊急的事情寫在便條上，貼到顯眼的地方，以便時刻提醒自己去執行。

由於便條具備這種使用起來方便快捷的功能，在工作中可

以成為與手帳搭配使用的小道具，例如便條可以用來做記號，在手帳上標記重點；可以擴充手帳有限的書寫空間，讓內容更加豐富具體；對於有可能變更或未確定的預約，可以用便條貼在手帳裏，對應實際情況輕鬆調整。可以説，對於手帳而言，便條也是一種提高效率的記錄方式。

● 標記重要事項

一天當中的工作會有緩急之分。甚至同一件事情的不同部分，其重要性也不相同。所以有時候，我們需要着重提醒自己某件事情的重要性，以便優先處理。這個時候便條便派上用場——標記重點。例如 Oliver 在工作手帳上標記：今天有 A、B、C 三位客戶要見。

客戶 A：老客戶。見面是為了商談合約餘款的支付時間。

客戶 B：新開發出來、正在洽談合作的客戶。針對 B 客戶，需要重點擬寫合作方案。

客戶 C：初次見面的客戶。此次見面的目的在於相互了解一下，具體是否合作為之後的事情。

Oliver 結合自己的情況分析後可以知道，與客戶 A、B、C 的三場面談中，B 最為重要，其次是 C，最後是 A。而與 B 見面的準備工作裏，最重要的是寫一份雙贏的合作方案。

這時候便條上就可以寫：「重要性 A＜C＜B（最重

要的是寫好合作方案）」，並貼在手帳上標記為工作重點。最好貼在顯眼的地方。

- **擴充書寫空間**

  手帳的書寫空間有限，當我們遇到工作事務較多的時候，往往會有空間不夠用的情況出現。為了讓手帳記錄更加全面與整潔，可以運用便條來擴充書寫空間。例如用便條附注事項的詳細訊息、處理問題的思路等。在上面的例子中，Oliver 對三場面談的重要性的分析就完全可以在便條上寫下來，貼在手帳的時間表旁。如此做法，對於在短時間內明確工作思路很有幫助。

- **對應日程靈活變更位置**

  生活中的日程安排和工作上的工作期限變動都是經常發生的事情。工作時間突然被改變，日程安排就會被打亂。這種情況下，原本在手帳上安排的見面時間就必須修改。倘若直接在空間有限的手帳上修改，會讓你的時間表變得不夠整潔清晰，甚至變得難以閱讀。這時候更好的做法是使用便條，把重新約定的見面時間寫在便條上，甚至可以寫下更改日期的原因，對於下次見面的話題或工作方面的承諾，說不定都可以起到作用。

手帳和便條是一對完美拍檔

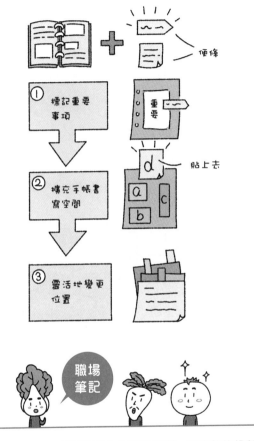

我們還可以在手帳首頁寫上自己的目標，或者根據規劃，在不同月份的時間表前寫上當月目標等。找到適合你的方法，靈活使用手帳，有效梳理時間、高效解決問題吧。

LESSON

23

個性化
自己的手帳

配合自己的需要，
手帳才能發揮更大的效用。

據我觀察，Lara 的手帳看起來豐富吸引，
她在記錄手帳時也興致勃勃，翻閱時也能夠
馬上查到需要的訊息。而我的手帳看起來單
調又乏味，我應該如何整理自己的手帳，令
行動更積極呢？

其實有很多小方法可以豐富自己的手帳。重
要的是，手帳須配合自己的需要，以發揮更
大效用為前提，使自己的手帳充滿個性，才
能持續而積極地使用！

使用手帳的方法不同，其發揮出來的功用也會不同。如果只是單純地記錄幾件事情，那就沒有起到工作最佳拍檔的作用。**只有根據自己的習慣和工作內容個性化地使用，手帳才能為自己的大腦減輕負擔。**市場上的手帳大部分都是按一定格式生產的，即使找到了比較適合自己的手帳也不一定能夠貼合你的每種需求。所以在使用的過程中根據需求加工，關鍵時刻會發揮很大的作用。

如何讓自己的手帳更具個性，使用起來更人性化，從而發揮自己想要的作用呢？讓我們先來看看以下幾種實用小方法吧。

貼上地圖

在記錄手帳時，涉及地點的工作安排，可以貼上標記好的地圖，讓自己對目的地的印象更加深刻。例如，Oliver 和客戶約定在某個工業園商談合約，他事先查好了該工業園的分佈圖，並在圖上標記好交通訊息以及客戶的公司地址，再把標記好的地圖貼到手帳上。如此就可以讓他省去不停地在手機上查找地址的時間，並且在之後翻閱手帳時也能第一時間找到地址。

活用小貼紙

貼紙是裝飾手帳的好工具。貼紙顏色多、形狀多、材質類型多、使用便捷，可以根據自己的需求裝飾與調整手帳。我們可以用貼紙來設置欄目、插入標籤、強調重點、突出內容等，既美觀、醒目，又實用。看似嚴肅、單調的工作手帳，經過貼紙的修飾，也能變得活潑起來。同時，由於貼紙的使用是根據自己的需求靈活設計的，這樣可以讓自己的手帳更加個性鮮明，查找內容時也更加容易了。

巧用不同顏色

如果只用一種顏色進行書寫與標記，所錄事情的輕重緩急等不同的屬性，就無法瞬即區分。我們可以巧用不同的顏色來劃分工作、加速理解、分配時間並安排順序。

- **四色記錄法**

  四色記錄法就是用四種不同顏色的筆分別記錄四種類型的事務，這種方法可以讓辦事順序一目了然。隨身攜帶一支四色筆，使用起來方便快捷。需要注意的是，四種顏色所代表的意思，在一本手帳中最好做到統一，翻閱起來才不會使思緒混亂。

為記錄項分配顏色

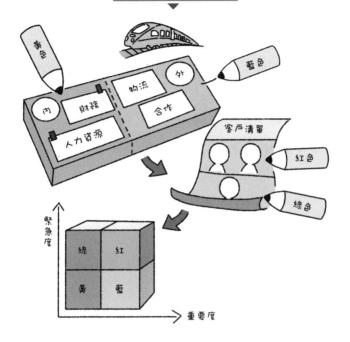

在分配顏色的時候，可以參照以下幾個思路來劃分：

（1）按工作類型。工作中不同的工作類型，例如公司內的常務與公司外的業務，兩者的類型不一樣，就可以用兩種不同顏色的筆來表示。結合自己的實際工作情況，還可以分出例行工作與額外工作、主要項目與雜務等。

（2）按客戶類型。按客戶類型來分配顏色也是一種比較好的選擇。客戶的性別、工作性質、所在地區、交易量

大小等，都是分配顏色時可以考慮的因素。不同性別的客戶會需要不一樣的溝通技巧，分配顏色可以起到給自己心理暗示的作用，提前想好對策；不同地區的客戶對商品的需求會有所不同，分配顏色歸類可以讓自己在翻閱手帳時反應更迅速，掌握客戶所在地區的情況，投其所好，增加合作的成功率……

（3）按緊急程度。就像前面章節提到過的四象限法則，工作一般都包含重要且緊急、重要不緊急、緊急不重要、不重要也不緊急四類。我們也可以按照緊急程度的不同來分配顏色，例如醒目的紅色筆跡書寫的工作代表重要且緊急，那麼在翻閱時可以一目了然，從而有重點地着手，提高效率。

職場筆記

　　個性化加工形式單一的手帳，使之更好地配合自己的生活習慣和工作內容，使用起來更加得心應手，成為自己管理時間的真正助手！

工作中的手帳速記技巧

TIPS!

從容面對時間緊迫的場合，
更快更有效地記錄資訊！

工作中，對工作內容的記錄有時候要求快速且準確，例如重要的項目會議、面談等，這些場合很少會有充足的時間讓你詳細記錄所有談及的事情。如何做到在手帳上快速記錄重要的談話內容，掌握一些相關小技巧非常必要。

在前面的章節中，我們已經介紹了一些方法，讓手帳的記錄更加方便和豐富。在本節我們着重介紹幾種工作中的速記小技巧，讓你靈活地應對時間緊迫的工作。

箭咀的活用

箭咀是一種方便好用的符號，它可以代表方位的移動以及過程的發展。我們可以根據它所代表的不同意思，運用到不同

內容的記錄中。例如，客戶 A 在電話裏和 Oliver 約定蔬菜送貨的相關事宜，對方要求在下個月的第一個星期內把貨物送到他的倉庫。於是 Oliver 可以在手帳上這樣記錄訊息：「A：下月首周→送貨→ A 倉庫」。

在手帳上記錄關鍵詞，其他表示方位或過程的部分則可以用箭咀來靈活替代。箭咀具有很強的指向性，對節省記錄時間和手帳空間都很有幫助。

熒光筆筆記

前面我們提到可以使用多色筆記錄工作手帳，讓你各項工作的輕重緩急清楚可辨。但是在緊急的場合中，採用多色筆記錄手帳就會適得其反了，倘若此時不停地換筆就會消耗過多的精力和時間。在時間並不充裕的場合（如會議或出差途中），或對於習慣使用一種筆（如簽字筆、鋼筆）的商務人士，不建議採用多色筆記錄手帳的方法，最好是採用熒光筆畫記法。

熒光筆畫記法同樣可以讓各項工作的緊要程度一目了然。它是指在記錄工作安排的時候用同一種顏色的筆，之後再選用不同顏色的熒光筆來區分。這種方法不僅能夠節約現場記錄的時間，還可以幫助我們快速回顧工作內容。

工作手帳速記技巧

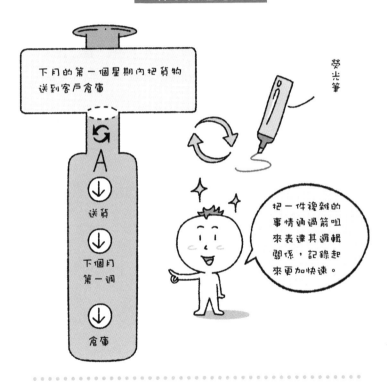

螢光筆

下月的第一個星期內把貨物送到客戶倉庫

A
↓
送貨
↓
下個月
第一週
↓
倉庫

把一件複雜的事情通過箭咀來表達其邏輯關係,記錄起來更加快速。

⣿縮寫⣿

　　由於手帳的空間是有限的，所以在手帳上記錄事項的時候要盡量以最少的字表示最多的含義。可以將專有名詞用縮寫的形式表示，常見的例如有：TBC 是 To Be Confirmed 的縮寫，表示「待定」；AP 是 Appointment 的縮寫，指代「預約」。

　　掌握這些手帳速記的方法和技巧，能夠提升你在工作中收集有效訊息的能力，進而幫你管理時間。

課後作業

基本

按自己情況來選擇及改進
手帳吧！

活用

把這些小方法運用到你的
手帳中，再讓手帳成為你
管理時間的得力助手吧！

時間管理心理測驗
Ready? Go!

不確定能否掌握上文提及的技巧？來把時間管理小妙計都複習一遍吧！

讓我們一起跟隨 Oliver 和 Lara 的步伐，來一場關於時間管理的測試小遊戲；更加靈活地將這些時間管理小錦囊運用到生活和工作當中吧！

我們先來假設你是 Oliver

 1

剛畢業進入一家蔬菜批發公司工作的你，自己的主要活動時間從在學校生活變成了一天 8 個多小時在公司忙碌。面對這種變化的你，想學習怎樣去平衡自己的生活和工作，但是該如何管理時間呢？

網上那麼多時間管理技巧，每天看幾個就學會了。 → **22**

應該先了解時間管理是甚麼，再根據自己的狀況制訂時間管理計劃。 → **5**

2

是不是房間亂成一團，東西太多找起來特別花時間？該整理一下衣櫃啦！

P086 Lesson 12　節省時間請從處理雜物開始

坐巴士去市中心要一個多小時，幸好我有法寶度過無聊的時間，終於不是漫無目的地玩手機啦！

P091 Lesson 13　生活中的隱藏書架

快樂地度過週末後，你來到了下一週　　　　　

3

今天工作之餘和 Lara 閒聊。

「最近感覺怎麼樣？工作環境適應得差不多了吧？」Lara 問。

「工作環境確實適應了，不過我發現工作中除了一些必辦的工作事項，其實還有不少工作瑣碎事需要處理。可能因為是新人，所以瑣碎事比較多吧，唉……」你回答道。

路過的博士正好聽到了你們的對話，笑着插話道：「我要做的瑣碎事可比你多得多呢！」

你驚訝地說：

「像博士這麼成功的人也要做瑣碎事嗎？」　　　　→ **10**

「嘻嘻，原來不分職位高低，每個人都得做瑣碎事。」　→ **4**

當然了，無論是生活中的瑣事還是工作中的雜事，處理起來也是一門學問呢。這時你認識到：「我之所以會感覺到有負擔，其實很大原因是自己沒有運用時間管理技巧，而博士掌握了方法，就能處理得遊刃有餘。」方法有以下幾種。

P105　四象限法則

這些小方法無論是在生活中還是在工作中都超級有效！這麼想着，工作中又出現新難題了。　→ **11**

5

恭喜你，頭頂都有了「理性之光」，讀了以下兩節果然讓你受益匪淺。

P014　Lesson 1　時間管理有四個等級

P019　Lesson 2　根據自己的節奏來安排時間

再做一個時間管理診斷吧，看看自己能得多少分呢？

P047　時間管理的診斷

這是一個很不錯的開始，接下來有更多的問題等着你去發現和解決。　→ **19**

— ● **6** ● —

王主任聽了很滿意,因為你給了一個確切的時間,積累了一些經驗後,你自己總結了工作的一些標準時間。

P079 整理自己的標準時間

懷着滿滿的自豪感,你來到了 →

— ● **7** ● —

在總結完成工作的過程中,非常重要的一點是:

P110 Lesson 16 不要完美主義

P130 總結時間管理的成效

瞬間感覺收穫滿滿呀!分期總結的力量不容小覷。 →

— ● **8** ● —

為自己訂一個五年目標很有必要,制定好目標會讓你產生強大的推動力!

P023 Lesson 3 從目標開始的倒推法

P028 Lesson 4 把控時間始於規劃

看着自己的規劃藍圖,瞬間覺得自己士氣高昂!時刻提醒自己勿忘初心。想到和自己一起入職的客服部的 Lara,她的工作和生活的時間規劃得怎麼樣呢?這些小方法無論是在生活

中還是在工作中都超級有效！這麼想着，工作中又出現新狀況了。 → 18

太好了！書中正好有「手帳」的簡單介紹和使用方法說明，翻開書的：

P136 Lesson 20 熟悉手帳

P140 Lesson 21 如何選購合適的手帳

帶着對手帳的新鮮感，你來到了 → 21

無論工作的難易程度與性質如何，瑣碎事存在於各項工作之中，每個人都有機會面對，不管是博士還是初入職場的你。難道你忘記了這一節：

P120 Lesson 18 成功者並非不做雜務

因為雜務具有零碎的特性，在碎片時間完成一些雜務是不錯的選擇呢！

P039 Lesson 6 認識並利用碎片時間

雜務都被處理掉了，碎片時間的使用方法實在是太受用啦！懷着激動的心情，你來到了 → 11

11

今天項目組的王主任交給你一個工作：「把近一個月來的客戶訂單整理好。要仔細整理哦，每種蔬菜的訂單量都要整理好！不能做事慢吞吞的，下班前整理好給我。」

此刻你的心裏有些抓狂：「甚麼！下班前！今天一天能完成嗎？況且還有昨天博士給我的工作沒處理完呢！」你焦急地想着接下來要怎麼辦呢？

按照我日常的工作進度，做多少算多少吧！　　　　　　→ **23**

不能像之前那樣慢吞吞，要想辦法提高自己的工作效率了。
　　　　　　　　　　　　　　　　　　　　　　　　　　→ **14**

12

到了令人振奮的長假期了！你週末準備以怎樣的方式度過呢？

朋友約你出門，看着自己亂糟糟的房間，怎樣也沒找到想穿的那件毛衣！找東西都手忙腳亂地找了半個多小時，不能準時赴約了。　　　　　　　　　　　　　　　　　　　　　　→ **2**

吃了一週即食麵、麵包，準備給自己做一頓飯。　　　→ **17**

你忘記了打電話比傳訊息效率更高嗎？回顧一下本書的：

P115 Lesson 17 用 WhatsApp 不如打電話

P125 Lesson 19 缺乏溝通也會導致時間浪費

恍然大悟的你來到了。 → 15

14

既然你想改變自己的工作方式，得到王主任的表揚，從而開啟自己的升職加薪之路，不妨試一試以下兩種方法。

P068 Lesson 10 同類事務整合處理效率驟增

P079 整理自己的標準時間

因為順利完成了工作，這個月加了人工！帶着愉快的心情來過週末吧！ → 12

15

夜深人靜，你躺在床上，開始每晚睡前思考。

雖然最近一直在學習時間管理技能，是不是應該開始日常總結？ → 7

很多人都有自己的長期規劃，你有時會想，真的有規劃的必要嗎？人難道不是活在當下的嗎？ → 8

16

真的要立刻開始工作嗎？你確認了今天的待辦事項嗎？可不要進入時間控制的誤區哦！

P054　Lesson 7　工作清單是一天的 GPS

帶着沒入誤區的僥倖，你來到了。

→

17

一整套烹飪的程序也考驗和鍛煉着你的時間掌握能力呢！

P100　Lesson 15　愛煮飯的人往往更會安排時間

過程中煎魚時一不小心煎過頭了，本來煎 5 分鐘就可上碟，但是因為切菜就忘記了，果然要注意以下兩點。

P079　整理自己的標準時間

P096　Lesson 14 為計劃設置日程提醒

享受完勞動的成果，週末也結束了。又到了辛苦的工作日。

→

18

假設你是內向的 Lara

空閒時你和同事 Kiko 閒聊:「最近事情還真是多,但是自己記性又差,做了一件又忘記了另外一件。」你抱怨道。
「那你有把各種事情記錄下來的習慣嗎?」Kiko 問道。
「有的,我一直用便利貼記錄。但是辦公桌上貼得到處都是便利貼,亂七八糟的……」
「你可以嘗試用手帳來記錄要完成的事情,手帳不像便利貼那樣零散。」Kiko 建議道。
你回答道:

「啊!店舖中有各種類型的手帳,但是因為不知道該買哪種類型的就沒有嘗試使用。」 → **9**

「我早就買了一本手帳,但一直不知道怎樣記錄,就閒置了。」 → **25**

19

一大早,你掛着大大的黑眼圈來到公司,坐在椅子上,想着接下來應該先做甚麼呢?怎樣開始今天的工作呢?這時你會:

精神抖擻,立刻打開電腦,馬上開始工作。 → **16**

先列好昨天未完成的事項和今天待辦的事項,再打開電腦開始工作。 → **20**

20

做得好！

「但是我也是剛開始學習掌控時間，是不是只要事無大小地列好每一個事項？」對於究竟怎樣才能列好清單，你翻開書的：

P063　Lesson 9　分解大項目靠小動力完成

P068　Lesson 10　同類事物整合處理效率驟增

按照上述步驟列好了清單，到了下班時間發現清單上面仍然有兩項工作沒有完成，覺得自己是不是在執行工作的過程中出了問題。自己認真地分析了一下，主要是同事經常來詢問問題，導致了工作過程被打斷了數次，這直接影響了我的工作效率。來看看這裏吧！

P073　Lesson 11　徹底排除工作中的干擾

「好！對於記錄清單與安排計劃終於有個預算了！」　→ 3

你繼續問 Kiko：「我現在知道了手帳的基本使用方法了。我注意到有很多手帳達人的手帳超級好看，而且他們的做事效率也很高呢。」

「對啊，他們可是有錦囊妙計呢！」Kiko 神秘地笑道。

「甚麼錦囊妙計？我也要學一學。」　→ 26

這樣真的可行嗎？有效掌握時間是需要日積月累的堅持才能養成習慣的，你可以先來了解一下本書的：

P023 Lesson 3 從目標開始的倒推法

P034 Lesson 5 度過時間管理瓶頸期

不要灰心，只有了解這些技巧，你才能更好地管理後續的工作和生活中的時間。 → **19**

等等！你確定不要改善你的工作方式，提高一下你做事的效率嗎？請翻開書的：

P058 Lesson 8 25 分鐘內只做一件事

P063 Lesson 9 分解大項目靠小動力完成

仔細看一看，明天的工作就嘗試運用這幾個方法來進行吧！

眨眼到了週五。 → **12**

●─ **24** ─●

結束了有朋友和美食相伴的週末，一大早來到公司就有兩件重要的事：一是要擬訂好一份新的蔬菜合約，上午就要發給客戶；二是王主任叫你和他一起去見一位客戶。

「大概多久能完成合約？」王主任問道。

你思考了一下，回答道：

「您給我客戶的 WhatsApp，我和他先打個招呼。」 → **13**

「一個小時左右可以啦！」 → **6**

●─ **25** ─●

哈哈，原來你早就買了手帳呀，是不是對於手帳的使用方法還是不太熟悉？請翻開書的：

P145 Lesson 22 如何更好地使用手帳

P152 Lesson 23 個性化自己的手帳

原來手帳使用起來如此有趣。 → **21**

●─ **26** ─●

錦囊妙計就在這裏！請翻開書的：

P157 工作中的手帳速記技巧

你決定努力開始漫長的時間管理技能提升之路。

職場法則系列

超圖解
時間術

速溶綜合研究所 著

責任編輯　林雪伶
裝幀設計　謝祖兒
排　　版　時　潔
印　　務　劉漢舉

出版

非凡出版

香港北角英皇道 499 號北角工業大廈 1 樓 B

電話：(852) 2137 2338　傳真：(852) 2713 8202

電子郵件： Info@chunghwabook.com.hk

網址： http://www.chunghwabook.com.hk

發行

香港聯合書刊物流有限公司

香港新界大埔汀麗路 36 號

中華商務印刷大廈 3 字樓

電話：(852) 2150 2100　傳真：(852) 2407 3062

電子郵件： info@suplogistics.com.hk

印刷

美雅印刷製本有限公司

香港觀塘榮業街 6 號海濱工業大廈 4 樓 A 室

版次

2019 年 10 月初版

©2019 非凡出版

規格

184mm x 130mm

ISBN

978-988-8573-16-5

© 王浩之 2018

本書簡體字版名為《如何把一天過成 48 小時：職場第一課‧時間
管理》(ISBN：978-7-5086-9285-2)。

本書中文繁體版由長沙市越華文化傳播有限公司通過中信出版集團
股份有限公司授權中華書局（香港）有限公司在香港、澳門地區獨
家出版發行。

ALL RIGHTS RESERVED